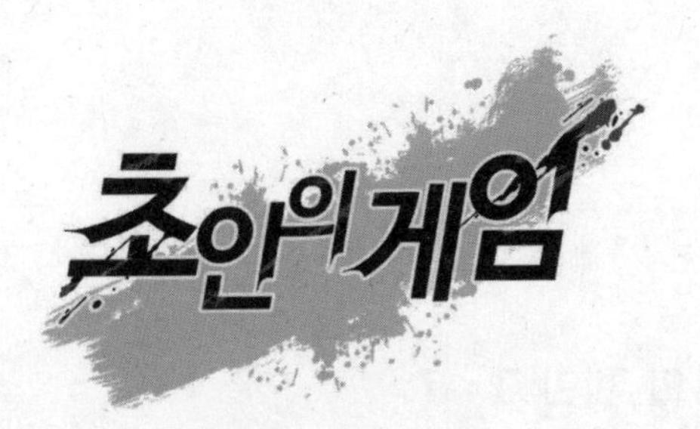

초인의 게임

초인의 게임 7

니콜로 장편소설

초판 1쇄 찍은 날 § 2019년 3월 26일
초판 1쇄 펴낸 날 § 2019년 4월 2일

지은이 § 니콜로
펴낸이 § 서경석

총괄팀장 § 최하나
편집책임 § 김경민

펴낸곳 § 도서출판 청어람
등록번호 § 제387-1999-000006호
등록일자 § 1999. 5. 31
어람번호 § 제1-3012호

주소 § 경기도 부천시 부일로 483번길 40 서경B/D 3F (우) 14640
전화 § 032-656-4452 팩스 § 032-656-4453
http://www.chungeoram.com
E-mail § chungeorambook@daum.net

ISBN 979-11-04-91968-8 04810
ISBN 979-11-04-91846-9 (세트)

청어람

7

니콜로 장편소설

초인의 게임

FUSION FANTASTIC STORY

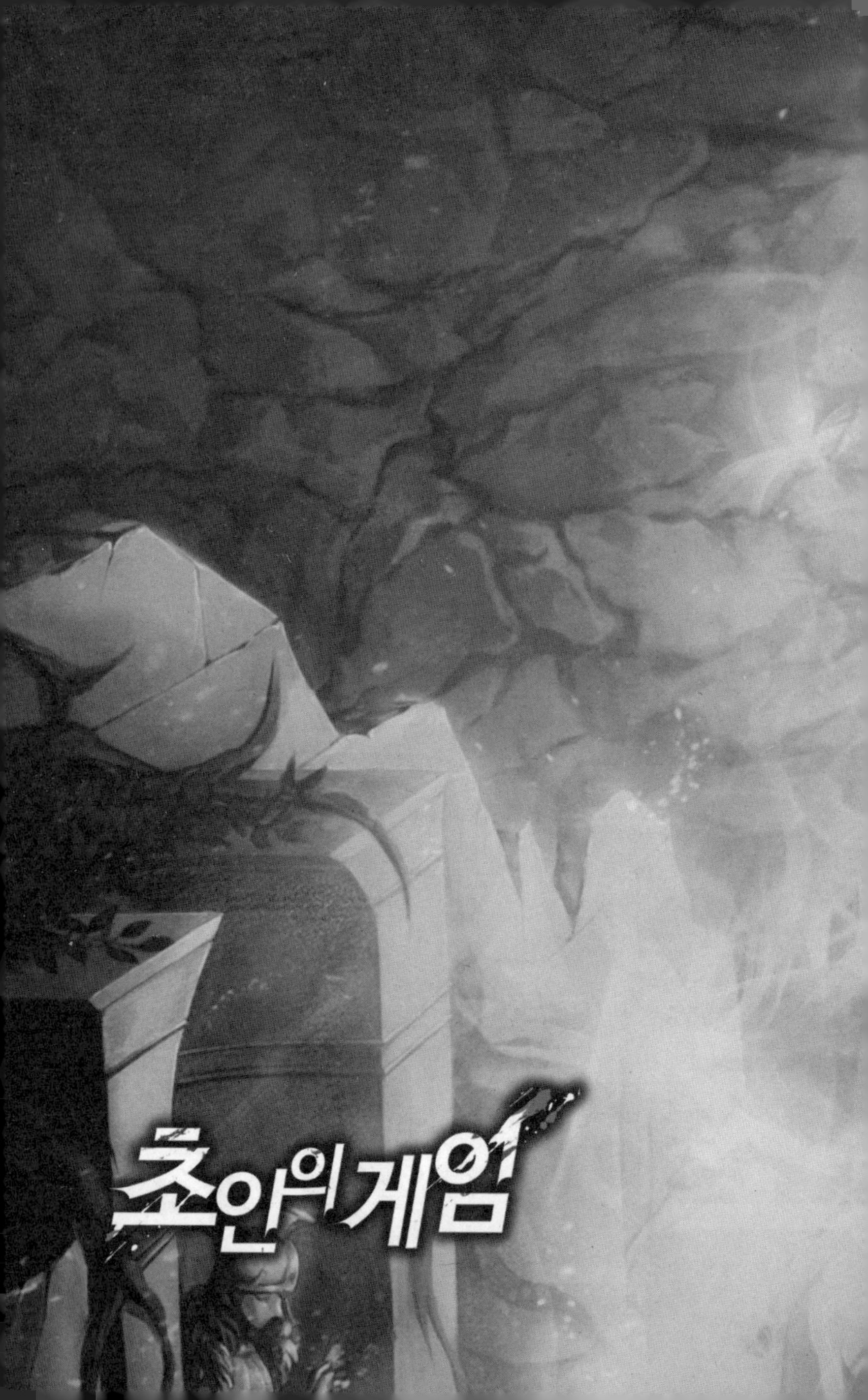

초인의 게임

◈ Contents ◈

제1장
수련의 성과

서문엽은 눈앞의 저우린에게서 호승심을 읽었다.

'그래, 승부해 보고 싶지? 거침없이 덤벼.'

서문엽은 저우린에게 뛰어들었다.

'그래야 널 후딱 해치우지, 새꺄.'

저우린은 뒤로 물러나 거리를 벌리며 육합대창을 상하좌우로 흔들었다.

낭창낭창 흔들리는 창날이 서문엽을 위협했다.

길이 3m의 육합대창은 1.8m밖에 안 되는 서문엽의 창보다 길었기 때문에 거리를 두고 싸우면 저우린이 유리했다.

그러나 서문엽은 환술처럼 흔들거리는 창날의 움직임에 현

혹되지도, 위협받지도 않았다.

한 점 망설임 없이 방패를 앞세워서 돌진!

팟!

육합대창이 좌로 움직여 방패를 피해 서문엽의 어깨를 찔러 왔다.

텅!

방패가 반사적으로 따라붙으며 창날을 막아냈다.

깔끔한 가드였다.

육합대창의 움직임을 보고 뒤따라 대응해야 하므로 반 템포 늦을 수밖에 없었지만, 서문엽은 엄청난 집중력과 반사 신경으로 막아낸 것이다.

일격을 막은 서문엽은 돌진해서 육합대창의 길이인 3m 이내로 접근했다.

저우린은 풀썩 주저앉으며 육합대창을 아래에서 위로 찔러 올렸다.

갑자기 각도가 바뀌면서 허를 찌르는 공격이었지만.

텅!

이번에도 서문엽의 가드에 막혔다.

연이어 육합대창을 짧게 쥐고 연속 찌르기를 펼쳤다.

텅텅! 텅!

초고속으로 2번, 힘을 실어서 1번.

마지막 일격은 강한 힘으로 밀어내서 서문엽의 무게 중심을 무너뜨리고 싶었지만, 모조리 허사로 돌아갔다.

서문엽은 빠른 2번도 신속하게 막았고, 마지막 일격을 받아내고도 꿈쩍도 하지 않았다.

반사 신경에 이어 놀라운 신체 밸런스까지 보여준 서문엽.

그리고 두 사람 거리는 서문엽의 창 길이인 1.8m 이내로 접어들었다.

그제야 저우린은 몰입에서 깨어났다.

'내가 지금 무슨?'

저우린은 황급히 물러났다.

서문엽은 놓치기 싫었다. 계속 쫓아 붙으며 창을 찔렀다.

채앵!

두 창이 교차하며 날카로운 금속성을 냈다.

합을 교환하며 저우린은 계속 후퇴했다.

'욕심내지 말자. 난 중국의 주장이다.'

아주 잠시 일대일 대결에 욕심을 냈던 스스로를 반성했다.

서문엽이 한 수 위라는 것은 몇 번 공방을 주고받으며 이미 체감했다.

그럼에도 뒤따라오는 동료들과 합류하기보다 맞대결을 하려 했던 것이다.

그러다가 서문엽에게 데스라도 당했으면 낭패가 아닌가. 주장의 데스는 팀 사기에도 치명적이다.

저우린이 맞상대를 피하면서 동료를 기다리니, 서문엽도 아쉬움을 삼켰다.

'침착하네, 이 자식.'

꽤 실력자라서 무작정 달려든다고 빨리 죽일 수 있는 것도 아니었다.

현장에 나타난 중국 선수는 모두 5명.

이쪽은 백하연과 단둘이었다.

"넷티."

—네.

"이쪽으로 합류하는 중국 선수들 상대로 시간 좀 끌어."

—넹!

이제 이나연은 점프를 하며 화살을 쏴대며 중국 선수들의 신경을 어지럽힐 것이다. 조금은 시간을 벌어줄 것이다.

서문엽이 이 5명을 상대로 싸워 숫자를 줄여놓을 수 있는 시간 말이다.

근접 딜러 2명이 합류하자 저우린은 다시 적극적으로 공세를 펼치기 시작했다.

세 자루의 육합대창이 함께 춤을 추며 찔러오는 공세.

중국 선수들이 그동안 동료들과 합을 많이 맞춰왔음을 알려주는 모습이었다.

일대일은 능하지만 단체로 싸울 때는 전술적으로 아쉽다는 평을 받아왔으니, 이를 고치기 위해 노력했음은 당연했다.

터터텅!

서문엽의 방패도 바빠졌다.

공격을 모조리 튕겨냈다.

연이어 서문엽도 창을 마주 찔러갔다.

숫자는 물론 길이도 짧아 불리했지만, 서문엽은 상대의 육합대창을 타 넘고 들어가 반격했다.

"헛!"

공격받은 근접 딜러가 허둥거리며 물러났다.

설마 세 자루의 육합대창이 난무하는데, 그 사이로 파고 들어올 줄은 몰랐던 것이다.

육합대창들을 방패로 밀치고 창으로 쳐내면서 공간을 만들고, 계속 파고들었다.

한쪽 무릎을 꿇고 앉아 갑작스럽게 하단 공격!

푹!

"큭!"

근접 딜러 한 명이 발목을 찔려 주저앉았다.

"거리를 주지 마!"

저우린이 소리쳤다.

세 사람은 서로 떨어진 채 세 방향에서 서문엽을 합동 공격했다.

그러나 한 명이 다리를 절었기 때문에 한층 수월했다.

그때, 중국 측의 탱커와 원거리 딜러도 합세했다.

"에워싸!"

"반드시 잡아야 돼!"

5명이 일거에 몰려든다.

앞장서고 있는 쪽은 단연 탱커.

그 뒤에서 긴 육합대창으로 찌르는 근접 딜러들까지, 한층 까다로워졌다.

"하연아, 원거리 딜러 조져!"

"응!"

백하연이 공중에 뛰어오르더니, 암벽을 타고 다니며 빠르게 이동.

중국 측의 후방에 도착했다.

뒤에 물러나 있던 원거리 딜러가 삽시간에 일대일 상황에 노출된 것이다.

"커버해!"

저우린의 지시에 근접 딜러 한 명이 백하연을 공격하러 갔다.

그 순간, 서문엽이 창을 냅다 집어 던졌다.

탱커의 어깨 위를 지나, 저우린을 향해 똑바로 날아가는 창.

세차게 날아오는 창을 보고 저우린은 황급히 육합대창을 휘둘렀다.

그러나 창은 강력한 테일링이 걸려서 중간에 붕 떠올랐다.

'엇?'

저우린은 그제야 자신을 노린 투창이 아니었음을 깨달았다.

육합대창을 피해 더 날아간 창은 백하연을 향해 달려들던 근접 딜러의 등에 꽂혀 버렸다.

콰직!

—서문엽, 2킬.

"젠장!"

저우린이 욕지거리를 했다.

서문엽 한 사람에게 벌써 2킬을 당한 것이다.

1명 차이는 별거 아니지만, 2명부터는 의미 있는 전력 차이였다.

이렇게 된 이상, 어떻게든 서문엽을 처치하지 못하면 지는 게임이었다.

저우린은 서문엽에게 저돌적으로 달려들었다.

화나서 무작정 덤빈 게 아니었다.

서문엽이 새로운 창을 꺼내기 전에 달려든 것이다.

좌좌좌좌착!!

유성처럼 날아드는 연속 찌르기!

육합대창을 흔들며 여러 곳을 순식간에 찔러 버리는 그 솜씨에 서문엽도 감탄했다.

터터텅!

물론 서문엽의 방패 컨트롤도 세계 최고였다.

저우린은 서문엽이 창을 꺼낼 틈을 주지 않았다.

순간적으로 투명화를 시전하여 사라진 뒤, 측면에서 찌르기를 펼쳤다.

기척으로 위치는 알았으나 창의 궤적까지는 알 수 없었기 때문에 서문엽은 막기보다는 계속 물러날 수밖에 없었다.

연이어 저우린이 서문엽의 다리를 찌르려던 찰나였다.

파아앗!

서문엽이 공중에 뛰어올랐다.

공중제비를 돌며 등에 걸린 창을 꺼냈다.

촤라락!

공중에서 펼쳐지는 창.

그대로 착지한 서문엽은 창을 크게 휘둘러서 보이지도 않는 저우린의 육합대창을 쳐냈다.

접촉으로 인해 투명화가 풀린 저우린.

서문엽이 다시 창으로 찌르려는 듯 어깨를 움찔하자, 저우린은 한 발 뒤로 물러났다.

하지만 페인트였다.

서문엽도 동시에 뒤돌아 꽁지 빠지게 도주하기 시작했다. 뒤이어 백하연도 빠른 스피드로 도주했다.

기회가 되면 계속 달아나야지, 싸우고 있을 이유가 없었던 것이다.

"제길, 쫓아!"

저우린이 화가 나서 소리쳤다. 페인트 때문에 역동작이 걸렸던 탓에 거리가 많이 벌어져 있었다.

하지만 저우린은 동료들과 함께 다시 추격해 나갔다.

그때.

—슈란, 1킬.

시간을 벌어주고 있었던 이나연이 데스당했다.

많은 중국 선수를 상대로 이리 뛰고 저리 뛰며 화살을 난사하던 이나연이었지만, 결국 슈란의 소멸 광선에 맞은 듯했다.

—드디어 중국도 1킬을 올렸습니다. 주인공은 역시 슈란!

—슈란 일행이 빠르게 서문엽의 도주 경로를 차단하러 갑니다. 위치를 훤히 파악하고 있기 때문에 어디로 달아나려 하는지 다 알고 있어요!

—서문엽도 전력 질주 합니다만, 중국 선수들도 사활을 걸었습니다. 빨라요!

—우리 중국이 국가 대표 선수를 뽑을 때는 빠르고 민첩한 것을 우선시하죠. 이렇게 기동성이 중요한 순간에 장점이 빛을 발합니다.

두 무리가 향하는 곳에는 절벽이 있고 그 위로 폭 3m 정도 되는 돌다리가 있었다.

그 다리를 건너야 한국 측 진영으로 넘어갈 수 있는 것인데, 슈란 일행이 먼저 그곳을 점거해서 서문엽이 도망 못 치도록 하려는 것이었다.

—슈란 일행이 더 빨랐습니다!

슈란 일행이 다리에 먼저 도착했다.

뒤늦게 도착한 서문엽과 백하연은 사면 뒤에도 저우린 일행이 쫓아오고 있었으므로 사면초가였다.

서문엽은 혀를 차고는 백하연에게 말했다.

"강행 돌파한다. 일단 너 먼저 건너편으로 던져서 보낼 거야. 건너가면 슈란이 소멸 광선 못 쏘게 시간 좀 벌어봐."

"응!"

서문엽은 방패로 상체를 가린 채 슈란 일행이 지키고 있는 다리로 돌진했다.

슈란 일행은 탱커 한 명이 선두에 서고, 그 뒤로 딜러들이 도열했다.

그때, 서문엽은 방패를 평평하게 눕혔다.

"타!"

백하연은 방패 위에 올라탔다.

서문엽은 그대로 방패에 태운 백하연을 힘껏 던져 버렸다.

파아앗!

백하연은 세차게 날아가 다리 위를 먼저 건너가 버렸다.

백하연부터 일단 탈출시킨 셈이었다.

모두의 시선이 잠시 위로 날아가는 백하연에게 쏠렸을 때였다.

서문엽이 맹렬하게 돌진했다.

"온다!"

선두에 있는 탱커가 커다란 방패를 들고 소리쳤다.

그제야 다시 서문엽에게 집중되었다.

슈란은 서문엽에게 소멸 광선을 쏘려고 했으나, 백하연이 채찍을 휘둘러 덤비는 바람에 방해받았다.

서문엽은 탱커에게 창을 던졌다.

탱커는 깜짝 놀라 방패로 가렸지만, 창은 아래로 뚝 떨어져, 탱커의 다리 사이에 꽂혔다.

탱커를 맞히지 못하고 돌다리에 꽂혀 버린 창.

하지만 그것은 포석이었다.

서문엽은 그대로 냅다 달려들어 탱커를 들이받았다.

'증폭, 근력!'

98까지 껑충 오른 근력으로 탱커에게 온몸으로 부딪쳤다.

최대한 자세를 낮추고 버티고자 했던 탱커는, 아래에 꽂혀 있는 창에 다리가 걸리는 바람에 균형을 잃었다.

"어어?!"

균형을 잃고 허우적거리는 탱커.

맹렬히 밀어대는 서문엽의 기운을 이기지 못하고 맥없이 뒤로 밀려났다.

탱커 뒤에 있던 근접 딜러들도 그 바람에 함께 뒤엉켰다.

서문엽은 꽂혀 있던 창을 뽑아서 탱커를 찔렀다.

가슴을 향해 찔러가자 탱커는 그 와중에도 본능적으로 방패를 들었다.

하지만 창은 중간에 솟구쳐 올라 이마를 꿰뚫었다.

—서문엽, 3킬.

—아아! 서문엽 선수가 3킬을 거뒀습니다.

—정말 놀라운 테크닉입니다. 창을 먼저 던져놓고서 밀면 걸려 넘어지게 설계했어요. 순간적으로 생각한 것치고는 정말 대단한 재치입니다.

중국 중계진도 서문엽의 활약을 칭찬하지 않을 수 없었다.

자국의 배틀필드에 대해 자부심이 상당한 중국이었지만, 세상은 구했던 서문엽만큼은 예전부터 칭송을 많이 했었기 때문에 적이어도 칭찬에 인색하지 않았다.

—다리에서 혼전이 펼쳐집니다. 탱커가 없으니까 중국 선수들이 자리를 지키지 못하고 서문엽 한 사람에게 밀리고 있어요. 공간이 좁아서 방패 들고 밀어붙이니 딜러들이 밀립니다!

—7영웅 백제호 감독의 딸 백하연 선수도 슈란의 신경을 계속 붙들어놓고 있습니다. 이쪽은 꽤 위태로워 보이는데요.

소멸 광선에 맞지 않기 위해 끊임없이 좌우로 날렵하게 움직이는 백하연.

그러나 독일 리그 및 월드 챔피언스 리그까지 겪은 슈란은 허둥거리지 않고 침착하게 검지로 백하연의 움직임을 쫓고 있었다.

이윽고.

콰악!

소멸 광선이 쏘아졌다.

그 순간, 백하연도 순간 이동을 펼쳤다.

나타난 곳은 슈란의 머리 위.

공중에 뜬 채로 오른손으로 검을 뽑아 든 백하연은 그대로 슈란을 향했다.

그러나 백하연의 눈이 커졌다.

검지로 자신을 가리키고 있었기 때문이다.

백하연이 사라지는 순간, 슈란은 이미 검지로 하늘을 겨누고 있었다.

좌아악!!

ㅡ슈란, 2킬.

베를린 블리츠에서 엠레 카사 감독에게 지도를 받은 슈란은 예전의 그녀가 아니었다.

*　　*　　*

다리 위에서 수많은 적과 뒤엉켜 악전고투를 치르는 서문엽.

그 와중에도 백하연이 데스당하는 모습을 확인했다.

'소멸 광선의 조준이 확 늘었네. 엠레 카사 자식, 훈련을 잘 시켰잖아?'

서문엽이 알고 있는 슈란은 저렇게 조준이 좋지 않았다. 특히 멘탈도 좋지 않아서 긴박한 상황에서는 조준이 마구 흔들렸다.

그런데 지금은 저렇게 침착하게 백하연을 킬해 버렸다.

사실 방금 상황은 백하연이 승부수를 던진 것이었다.

위태롭게 소멸 광선을 피해 다니며, 누가 봐도 순간 이동으로 도망쳐야 하는 상황.

거기서 오히려 순간 이동으로 침투해서 킬을 내려고 했다. 일리 있는 판단이라고 서문엽도 생각했다.

하지만 슈란이 그 생각을 읽고 받아쳐 버린 것이다.

이유는 하나.

슈란은 현역 시절의 백제호의 패턴을 알고 있었다.

백하연은 알게 모르게 백제호의 판박이였으니까. 위기 상황에서 오히려 더 과감해지는 공격이 부전여전이었다.

뛰어들어서 위협을 가하지 않으면 근접 딜러가 아니라고, 서문엽이 백제호에게 가르친 것이 백하연에게로 이어졌다. 슈란도 그걸 봤기 때문에 패턴을 알아차린 것이었다.

방해꾼을 치워 버린 슈란은 서문엽을 조준했다.

"이크!"

서문엽은 자신을 노리던 육합대창 하나를 잡아당겼다.

여전히 근력 증폭이 유지되는 상황이었으므로, 98의 근력이 작용했다.

"윽!"

육합대창을 쥐고 있던 근접 딜러가 끌려와 슈란과 서문엽의 사이를 가로막았다.

무기를 놓치지 않는 것은 배틀필드 꿈나무에게 가르치는 기본 중의 기본. 그래서 당기면 맥없이 끌려올 수밖에 없었다.

반면에, 서문엽은 달랐다.

지근거리에서 서로 뒤엉키자 서문엽은 창을 버리고 방패와 맨손으로 맞섰다.

혼자 다수를 상대해야 하는 서문엽으로서는 다리 위의 협소한 공간을 잘 이용해야 했다.

'거리를 주면 소멸 광선의 타깃이 된다.'

계속 상대 선수를 잡아당기며 상황을 개싸움으로 만들었다.

근접 딜러 다수가 긴 육합대창으로 무기를 통일하고 있었기 때문에 이런 상황에서는 독이 됐다.

—서문엽 선수, 맹렬하게 저항합니다!

—저런 장소에서는 오히려 숫자가 많은 게 독이 되죠. 가까이 붙으면 탱커가 더 유리합니다.

—이런 혼란을 방지하려고 선두에 탱커를 세웠는데, 서문엽 선수의 재치 있는 플레이에 의해 너무 일찍 데스당했어요.

—싸움이 정말 치열합니다. 엉망으로 싸우는 것 같지만 자신에게 향하는 창날을 전부 방패로 쳐내거나 손으로 잡아서 치우고 있어요. 정말인지, 언제 어느 상황에서도 싸울 줄을 아는구나 하고 생각이 듭니다.

—서문엽이 있는 한국을 상대로 쉬운 싸움이 될 거라고 생각지 않았죠. 하지만 상황은 나쁘지 않습니다. 8 대 9로 숫자는 적지만 슈란 선수가 거둔 2킬이 순도가 매우 높았습니다.

—그렇죠, 백하연 선수를 죽였으니까요. 게다가 한국 팀의

선수 하나는 전투 능력이 거의 없는 서포터예요. 이 자리에서 서문엽만 해치우면 승기를 잡을 수 있습니다.

홀로 적에게 둘러싸였음에도 악바리처럼 뒤엉혀 버티는 서문엽.

슈란이 검지로 조준할 때마다, 귀신같이 중국 선수를 붙들고 늘어져서 방패막으로 삼았다.

정말 잘 버티는 서문엽.

그런데 그때였다.

"차앗!"

육합대창을 가진 중국의 근접 딜러 한 사람이 하늘로 솟구쳤다.

둥실 뜨다시피 한 그는 동료의 머리 위에 사뿐히 착지했다.

서문엽은 화들짝 놀랐다.

'뭐야, 저 새낀?'

분석안으로 보니 이유를 알 수 있었다.

—대상: 리양신(인간)

—근력 70/70

—민첩성 86/86

—속도 90/90

—지구력 69/69

—정신력 78/78

—기술 88/88

—오러 80/80

—초능력: 경신술

—경신술: 몸을 극도로 가볍게 한다.

썩 훌륭한 능력치였다. 서문엽도 기회가 된다면 월드 그피언스 리그를 위해 YSM에 영입하고 싶을 정도.

초능력은 역시 중국이라고, 여러 가지 의미에서 감탄이 나왔다.

'이 새끼들은 무협 소설을 구현하는 데 도가 텄구나.'

무협 영화 좋아하는 중국. 그걸 실제로 흉내 낼 능력이 있는 초인들.

그 결과는 당연했다.

바로 눈앞에 있는 것이다.

리양신은 동료들의 몸이나 심지어 무기까지 사뿐사뿐 밟고 다니며 움직였다.

자유롭게 움직일 수 있게 되자, 육합대창으로 서문엽을 공략했다.

촤촤촤!

"큭!"

서문엽은 방패로 위를 가린 채 납작 숙였다.
기어가다시피 하며 다른 중국 선수들의 발목을 낚아채 넘어뜨렸다.
"컥!"
"이리 와, 새꺄!"
서문엽은 쓰러진 중국 선수의 목을 휘감고 같이 뒹굴었다. 동료가 방패막이가 되니 다른 중국 선수들이 공격을 못 했다. 중국 측 입장에서는 정말 바퀴벌레처럼 안 죽는 서문엽이었다.
그때, 중국 팀의 주장 저우린이 소리쳤다.
"좌우로 물러나!"
그 말에 중국 선수들이 좌우로 갈라져서 돌다리의 난간 위에 올라섰다.
그러자 서문엽과 슈란이 마주 보게 되었다.
"헉!"
서문엽은 냉큼 한 바퀴 굴러서 붙잡고 있던 중국 선수를 슈란 쪽으로 향하게 했다. 붙잡힌 중국 선수가 치욕을 느끼고는 격렬히 저항했지만, 그래플링에 약한 중국 무술의 특징 탓인지 서문엽의 손아귀에서 빠져나오지 못했다.
하지만 좌우로 갈라선 중국 선수들이 그제야 공간이 자유로워져서 무기를 마음껏 사용할 수 있었다.
사방에서 공격을 받게 되었으니 서문엽이 더 이상 빠져나갈 길은 없어 보였다.

이젠 꼼짝없는 상황.

'에이, 별수 없지.'

서문엽은 죽기로 결심했다.

하지만 그냥 죽지는 않기로 했다.

다리 난간 위에 서 있는 중국 선수들을 향해 비호처럼 뛰어든 것이다.

격렬한 공세가 쏟아졌지만 초인적인 방패 컨트롤로 모조리 가드!

그러고는 훌쩍 뛰어올라 중국 선수 2명을 낚아챘다.

"으하하, 같이 가자!"

"으아악!"

"안 돼!"

서문엽은 물귀신처럼 중국 선수 2명과 함께 다리 아래의 절벽으로 추락했다.

그것은 킬로 판정이 났다.

—서문엽, 4킬.

—서문엽, 5킬.

—서문엽, 데스.

서문엽은 누구의 킬도 아닌, 추락에 의한 데스로 처리되었다.

그 참사에 중국 선수들은 어안이 벙벙해졌다.

특히 좌우로 물러나라고 지시를 내렸던 저우린은 당황을 감추지 못했다.

다리 끝에 서 있으니 당연히 서문엽이 붙들고 함께 죽자고 덤비기 쉬웠다.

서문엽을 처치하는 데 정신 팔려서 그만 염두에 두지 못한 것이다.

서문엽을 처치하기는 했지만 5킬이나 내준 것은 너무 큰 피해였다.

*　　　*　　　*

"으아! 이렇게 힘들게 싸운 건 또 오랜만이네."

접속 모듈에서 나온 서문엽이 혀를 내둘렀다.

먼저 데스당해 더그아웃에 있던 백하연과 이나연이 반겼다.

"삼촌, 진짜 끝내줬어! 어떻게 그런 판단을 한 거야?"

"구단주님처럼 목숨 줄 질긴 사람은 처음 봐요!"

"응, 그래그래. 나도 오랜만에 최후의 던전에서 골로 갈 때 생각나더라."

경기를 지켜보고 있던 백제호도 서문엽의 어깨를 두드리며 격려했다.

“수고 많았다.”

“당연히 수고했지. 난 내 몫 다 했다.”

혼자 5킬을 했다.

게다가 중국 선수 전원이 서문엽을 쫓아다니느라 시간을 허비했다.

남은 선수 숫자는 8 대 6.

꾸준히 사냥을 하며 성장해 온 한국이 많이 유리한 상황이었다.

하지만…….

“이 정도 갖고 되려나 모르겠다.”

백제호는 불안한 표정이었다.

수적으로 유리해져 봤자 고작 2명 차이.

심지어 전투 능력이 없는 조승호가 포함되어 있었다.

거기다가 이쪽은 서문엽을 잃었다. 덤으로 근접 딜러진의 핵심인 백하연도 말이다.

이나연도 없으니 빠른 발로 정찰을 다닐 수 있는 선수도 없었다.

사냥 포인트를 많이 쌓아서 월등히 성장했다고는 하지만, 그 정도는 한국과 중국의 실력 차이로 극복될 수 있는 수준이었다.

“피에트로가 잘해줘야 할 텐데.”

백제호가 말했다.

백하연이 머리를 긁적였다.

"미안. 내가 그렇게 허무하게 죽었으면 안 됐는데."

"아냐, 포인트는 없었지만 할 만큼 했어. 아까 상황은 슈란이 잘한 거야."

서문엽은 백하연을 위로해 주면서 말을 이었다.

"내가 보기에는 피에트로가 아니라, 조승호가 잘해줘야 한다고 본다."

"조승호?"

그러고 보니, 조승호는 여전히 중국 측 진영에서 숨어 있었다.

가만히 웅크려 있다가 슬그머니 밖으로 나와 포복 전진으로 기어가는 모습은 안쓰럽기 이를 데 없었다.

"…정말 승호한테 달린 거 맞아요?"

조승호의 영혼의 콤비인 이나연도 회의적인 표정이었다.

우려대로 경기는 생각보다 한국에게 불리하게 진행되었다.

채우현이 이끄는 한국 팀은 지나치게 수비적이었다.

모든 플레이의 중심이었던 서문엽의 부재.

근접 딜러의 핵심으로, 채찍과 순간 이동으로 공격을 풀어나가는 열쇠가 되어주었던 백하연.

그리고 이나연도 없어지니 엄청난 기동성으로 돌아다니며 주위를 살펴줄 선수도 없었다.

그렇다 보니 과감하게 공격을 시도할 수가 없었다. 지금의 우세를 계속 굳히기 위해 사냥을 계속 진행할 뿐이었다.

하지만 중국은 아직 슈란이 건재했고, 정신적 지주인 주장 저우린도 있었다.

상황이 불리해진 만큼 똘똘 뭉친 중국은 본격적으로 공격적인 게릴라 전술에 시동을 걸었다.

차라리 피차 숫자가 줄어든 것이 중국 측 입장에서는 편했다.

소규모 교전 위주로 경기를 풀어나갈 수 있게 된 것이다.

중국은 끊임없이 기습과 후퇴를 반복하며 한국을 괴롭혔다.

그때부터는 서문엽의 활약에 질려 억눌려 있었던 10만 관중들이 비로소 열화와 같은 환호를 터뜨리기 시작했다.

―리양신, 1킬.

"우와아아아아!!"

"리양신! 리양신!"

―경공의 달인 리양신이 멋진 1킬을 거둡니다!

경신술이라는 희한한 초능력을 가진 리양신이 화려한 플레이를 펼쳤다.

과감하게 쳐들어가 1킬을 거두고는 경신술로 몸을 가볍게 한 뒤 벽을 타고 뛰어 올라가 도망치는 재주를 선보인 것.

언뜻 보기에는 슈퍼 플레이를 한 것이 맞는 것 같지만.

"저 새끼, 아주 물 만난 물고기네."

서문엽이 불만스럽게 투덜거렸다.

문제는 위험을 무릅쓰고 거둔 1킬이 아니라, 한국 팀의 움직임이 너무 경직되어 있는 탓이 컸다.

채우현 등의 탱커들이 필사적으로 막지만, 방어는 탱커만으로 되는 게 아니다.

딜러들이 추격해서 응징할 수 있어야 적도 견제를 못 할 게 아닌가?

탱커진에 비해 딜러진이 너무 약한 것은 한국의 어쩔 수 없는 고질병이었다.

백하연 덕에 어느 정도 해소되어 보인 것 같지만, 결국 백하연 빼면 근접 딜러 중에 별로 쓸 만한 녀석이 없는 것이다.

7 대 6.

조승호를 없는 셈 치면 6 대 6이니 중국은 열광했다.

짜릿한 역전승으로 서문엽에게 초반에 시달린 분풀이를 할 수 있을 듯했다.

하지만 그때, 피에트로가 적극적으로 나서기 시작했다.

파파파파팟!

중국 선수 2명이 견제를 하러 들어오자, 피에트로는 더는 못 참겠다는 듯이 십여 개의 마법진을 띄웠다.

영령들이 뛰쳐나와서 날뛰자 중국 선수 2명은 쏜살같이 달아났다. 그러나 그중 1명은 영령들에게 붙잡혀 데스되었다.

그때부터 피에트로는 견제가 올 때마다 계속 영령을 소환해 과도하다 싶을 정도로 대응했다. 그 덕에 중국 선수 1명이 또 부상을 당했다.

견제는 성과가 없으면 시도하는 쪽이 손해인 플레이였다.

하지만 중국은 피에트로의 오러를 소모시키는 것을 매우 중시했다.

그리고 비로소 모두가 경기의 핵심 인물이 누구인지 알아차렸다.

아까부터 조심조심 포복 전진해서 던전을 절반쯤 가로지른 조승호였다.

그제야 피에트로가 왜 그렇게 과한 대응을 할 수 있었는지 중국 팀도 깨달았다.

중국 측은 조승호를 잡기 위해 전원이 흩어져서 수색을 펼쳤다.

하지만 숨어 다니기에 도가 튼 조승호는 모두의 눈을 피해 한국 진영에 무사 귀환한 위엄을 보여주었다.

조승호에게서 오러 전달을 받은 피에트로는 다시 오러양을 회복했다.

그 후 경기는 후반의 한 타 싸움으로 이어졌고, 극적인 한국의 승리로 끝났다.

후반에 들어 힘이 많이 빠진 슈란에 비해, 다시 오러를 충전받은 피에트로는 보이지 않는 곳에서 영령들만 소환해 한 타 싸움을 승리로 이끌었다.

*　　　*　　　*

1세트는 한국의 승리.

이에 따라 MVP는 서문엽의 차지가 되었다.

경기장의 대형화면은 서문엽의 1세트 활약을 계속 보여주고 있었다.

다리 위에서 중국 선수들에게 둘러싸여 분투를 벌이는 모습이 압권이었다.

물론 중국을 응원하는 10만 관중들로서는 한 선수에게 저렇게까지 고생한 것이 암만 봐도 마음에 안 들었지만 말이다.

그렇게 간신히 이기고 MVP로 선정까지 되었으나, 경기를 지켜본 서문엽은 표정이 좋지 않았다.

선수 대기실에 모두 모이자 서문엽이 입을 열었다.

"너희들 말이다."

모두의 시선이 집중되었다.

"왜 이렇게 허접하냐?"

"……"

선수들은 침묵했다.

"걔네들한테 돈 빌렸냐? 왜 이렇게 저자세야?"

서문엽은 눈을 부라리며 선수들을 노려보았다.

선수들은 그의 눈을 피해 고개를 숙였다.

"이겨서 좋냐? 그게 이긴 거냐? 피에트로 혼자 다 해먹었지. 호구도 이런 호구들이 없어. 때리면 때리는 대로 다 처맞고. 딜러들 다리 다 부러졌냐? 견제가 들어오면 반격하고 추격해야 할 거 아냐? 딜러 역할이 탱커 뒤에 숨는 거냐?"

"죄송합니다!"

"죄송합니다!"

딜러들이 일제히 고개를 숙였다.

서문엽, 백하연, 이나연 등 주요 선수가 다 죽고서 위축된 감이 없지 않았다.

피에트로가 나서기 전까지 너무 수동적으로 중국의 견제 플레이에 당하기만 했다.

아무리 중국이 공격적인 플레이가 특기라고 해도 말이다.

"우리나라가 왜 딜러보다 탱커가 더 잘한다고 그러는지 아냐?"

"……"

"그냥 처맞기만 했는데도 잘한다고 칭찬받으니까 탱커가 잘하는 줄 아는 거야. 근데 그게 잘한 건 줄 알아? 한국 탱커 잘

한다고 하는 놈들은 한국 놈들밖에 없어, 씨발들아."
탱커들도 고개를 숙였다.
서문엽은 답답한 마음에 자리에서 일어나 주먹을 뻗는 시늉을 보였다.
"자, 상대가 주먹을 휘두른다. 그러면 가드부터 올리는 게 답이냐? 주먹이 얼굴로 갈지 보디로 갈지 일일이 다 알고 막아? 천재냐?"
"……."
"상대가 팔을 뻗을 공간을 안 만드는 게 최고의 방어인 게 당연하잖아. 아니면 이쪽도 펀치를 휘두를 수 있다는 걸 보여줘서 쉽사리 못 덤비게 하는 게 정답이잖아? 근데 너희들이 그냥 물러나서 가드만 올리니까 뒤에 있는 딜러들도 뒤로 찌그러져 있는 거 아냐. 때리는데 저항을 안 하니 중국 애들은 신났지! 지갑 있었으면 삥도 뜯겼겠다!"
서문엽은 채우현을 손가락으로 가리켜 지목했다.
"내가 뭔 소리 하는지 알아?"
"전진 방어로 적의 움직임을 제한시키고 아군 딜러들이 활동할 공간을 확보해 줍니다."
"그래."
서문엽은 고개를 끄덕였다. 간신히 주장으로서 체면을 지킨 채우현은 내심 안도했다.
"너희가 힘세고 덩치 큰 클래식 탱커면 꿈쩍 안 하고 자리만 지켜도 돼. 근데 착각하지 마. 너희들 중에 클래식 탱커는 없어! 클래식 탱커인 줄 아는 놈들만 있지."

"……."

"너희 근력 가지고는 세계 무대에서 안 통해. 그래서 그만큼 더 열심히 활발하게 발로 뛰어야 하는 거야. 언제까지 아시아에서만 클래식 탱커 행세할래? 심지어 세계 레벨의 클래식 탱커들도 하향세인 판국에."

"더 열심히 뛰겠습니다."

채우현이 대표로 대답했다.

"진짜 열심히 뛰나 볼 거야."

그렇게 서문엽은 말을 끝냈다.

폭풍 같은 갈굼이 끝난 뒤, 선수 대기실에 들어온 백제호가 서문엽 옆에 앉았다.

"너무 뭐라고 하지 마. 플레이 메이커가 아무도 없으니까 당황했던 측면도 있으니까."

한국 대표 팀에서 플레이 메이커라 할 수 있는 선수는 서문엽과 백하연이었다.

공격 방어 원거리 공격 등 두루두루 강력한 서문엽.

그리고 순간 이동으로 침투하거나 채찍으로 적을 묶어놓을 수 있는 백하연.

이 두 사람을 다른 딜러들이 보조해 주는 게 지금껏 해왔던 방식인 것이다.

"중국 놈들 하는 짓 봐라. 손해를 보더라도 나만 죽이면 된다고 생각하니까 단체로 나 잡겠다고 나섰잖아."

"그때 하다못해 이나연이라도 살아 있었으면 더 좋은 플레이를 했을 텐데."

발이 무진장 빠르고 지형지물의 방해를 받지 않고 점프를 해버리는 이나연은 적의 동태를 살펴봐 줄 수 있는 최고의 정찰 멤버였다.

서문엽도 이나연의 움직임이 전보다 훨씬 좋아진 것에 놀랐다.

그런데…….

"그런 이나연을 슈란이 소멸 광선으로 잡아버렸단 말이지. 넌 밖에서 경기 봤지? 어떻게 잡았어? 몇 번 시도해서 잡은 거야?"

"한 발."

백제호의 대답에 서문엽은 얼굴이 일그러졌다.

"한 방만 쏴서 맞춰 버렸다고?"

"처음에는 안 쏘고 계속 움직임을 살피더라. 그러더니 타이밍을 잡았는지 소멸 광선을 쏘더라고."

"백하연을 잡을 때도 그렇고, 많이 침착해졌는데?"

"소멸 광선 조준 솜씨도 확 늘었고."

"아놔, 엠레 카사 이 새끼."

슈란을 지도한 베를린 블리츠의 엠레 카사 감독을 원망할 수밖에 없었다.

말이 된다.

7영웅 시절 궁수였던 엠레 카사는 화살을 쏘는 순간 자신의 위치가 드러나기 때문에 한 발, 한 발을 신중하게 쏘는 저격수 스타일이었다.

성격도 얼음장처럼 냉정한 것이, 슈란의 단점을 보완해 줄 최고의 스승인 셈이었다.

"이러면 견제 플레이 위주로 가는 전술은 수정해야겠는데?"

백제호가 말했다.

본래는 서문엽이 견제를 펼쳐서 중국이 공격성을 드러내지 못한 채 방어만 하도록 억제하는 것이 이번 경기 전술의 요체였다.

그런데 슈란이 저토록 소멸 광선을 잘 컨트롤하니, 견제를 시도하는 것이 위험했다.

물론 이쪽도 어마어마한 한 방이 있는 피에트로가 있긴 하지만.

"피에트로를 위치 파악 대상으로 지정하면 더 위험해지는 거지. 피에트로가 공간 이동으로 접근한 순간, 슈란이 먼저 소멸 광선을 쏴서 죽이면 끝이니까."

피에트로는 공격하려면 마법진을 생성하는 데 시간이 좀 걸린다.

하지만 슈란은 곧바로 쏴버릴 수 있다.

물론 피에트로가 자신의 재주를 온전히 펼친다면 이에 대처할 수 있는 방법이 많지만, 어디까지나 경기 중에는 인간의 선을 넘지 말아야 한다.

'아오, 무기 영체화로 다 썰어버릴 수도 없고.'

아바타에 '불사'가 사라졌으니 영체화도 불가능했다.

하지만 서문엽은 대책이 있었다.

"아냐, 계속 견제로 갈 거야."

"대책이 있어? 누구를 위치 파악으로 지정했을지 모르는데?"

"만약 나를 지정했으면 1세트처럼 속지 않을 거야. 그리고 만약에 피에트로를 지정했다면, 그건 그거대로 방법이 있지."

"어떻게?"

"내가 1세트 때 던져놓은 미끼가 있지. 너 내가 소멸 광선 안 맞으려고 발광했던 거 봤지?"

"정말 발악하더라."

백제호는 그렇게 필사적으로 살기 위해 발버둥 치는 서문엽의 모습을 처음 봤다.

물론 정말 질기게 잘 버텼지만.

"내가 슈란이 베를린 블리츠에서 치렀던 경기들을 쭉 살펴봤거든. 보니까 탱커한테 대놓고 소멸 광선을 쏘지는 않아."

"방패 들고 버티고 있는데 소멸 광선으로 쏴 죽이려면 오러 낭비가 커지니까."

"그래, 근데 힘을 빽 줘서 쏘면 못 죽이는 건 또 아니란 말이지."

그 말에도 백제호는 동의했다.

"작정하고 쏘면 버틸 수 있는 탱커가 어디 있겠어? 제럴드 워커도 결국 못 버틸걸?"

"그 덕에 월드 그피언스 리그에서 쏠쏠하게 활약하더라고. 고착 상태일 때, 상대 주요 탱커를 하나 골라서 작정하고 죽이는 거지. 오러 낭비를 피하려던 애가 갑자기 그렇게 작정하면 탱커는 당황하거든."

"나도 봤어. 그 점을 잘 이용하더라. 베를린 블리츠도 그걸 심리전에 이용하고 있고."

엠레 카사 감독은 슈란을 적극적으로 활용해서 에이스 다니엘 만츠에게 쏠린 부담을 덜어주었다.

그 탓에 슈란의 기량이 확 늘어났다.

"1세트 때 내가 피하려고 발악했고, 슈란도 날 맞히려고 했는데 그러지 못했지?"

"그래."

"그게 바로 미끼야."

서문엽은 미소를 지었다.

"저 계집애가 지금쯤 나를 소멸 광선으로 맞히기만 하면 죽일 수 있다고 믿고 있을 거 아냐?"

그 말에 백제호의 눈이 크게 떠졌다.

"막을 수 있겠어?"

"컨트롤이 좋아졌을지언정 위력은 20% 감소 페널티를 받았잖아. 내가 못 막을 건 또 뭐야?"

* * *

2세트 경기가 시작되었다.

던전은 망자의 미궁.

방과 계단들이 얼키설키 복잡하게 이어진 미궁 구조로, 언데드 괴물이 집중적으로 출몰하는 던전이었다.

언데드에 강한 서문엽이 가장 좋아하는 던전이기도 했다.

하지만 곳곳에서 무장한 스켈레톤들이 매복 기습하는 곳이라서 발이 느리고 근접 전투 능력이 떨어지는 선수는 거동하기 힘든 지형이기도 했다.

"피에트로, 지형은 완벽하게 숙지했지?"

피에트로는 고개를 끄덕여 보였다. 출전 경험 자체가 별로 없는 피에트로는 망자의 미궁이 처음이었다.

그러나 3D 입체 지도를 한 번 훑어보고는 다 외워 버렸다. 원래 지저인은 다 이런 건지 피에트로가 특별히 똑똑한 건지는 모르겠지만, 복잡한 지형 때문에 헷갈릴 일은 없을 듯했다.

"일단 1세트와 똑같아. 나랑 백하연, 이나연이 함께 움직이고, 피에트로는 나중에 내가 부르면 공간 이동으로 와."

모두들 고개를 끄덕였다.

"그럼 바로 출발!"

서문엽은 백하연, 이나연과 함께 출발했다.

서문엽은 곧장 계단에서 뛰어내렸다.

방과 계단에서 벗어나면 10배의 중력이 작용하지만, 세 사람은 그것까지 계산해서 망자의 미궁을 활보할 수 있는 루트를 파악해 둔 상태였다.

뛰어내려서 한 번에 꽤 아래쪽으로 내려온 서문엽 일행은 곧장 스켈레톤 부대의 기습을 만났다.

물론 수없이 연습해 보았기 때문에 미리 알고 있었다.

"최대한 빨리 정리한다."

서문엽은 스켈레톤 무리들 한복판에 뛰어들었다.

금방 둘러싸였지만 서문엽은 오히려 바라던 바였다.

부웅!!

콰드드득! 콰직! 빠악!

오러를 머금은 방패를 힘껏 스윙! 주변에 있던 스켈레톤들이 일거에 박살 나버렸다.

창도 앞을 찔렀다가 뒤로 찔렀다가, 어깨에 걸치고서 양옆을 찌르는 등 바쁘게 전후좌우를 공격했다.

스켈레톤들은 뛰어난 전투 기술이 입력되어 있어서 만만찮은 상대였지만, 서문엽에게는 예외였다.

'입력된 전투 패턴이 한정적이라 눈 감고도 싸울 수 있지.'

지저인은 오러 다루는 기술이 비정상적으로 발달했지만, 그만큼 육체를 쓰는 일에 약해졌다. 무기술은 특히 퇴화되어서 그들이 온전히 보존하고 있는 무기술의 종류가 몇 되지 않았다.

지저 전쟁 시절부터 던전을 누볐던 서문엽으로서는 그 패턴들을 전부 꿰뚫고 있었다.

서문엽을 필두로 빠른 사냥이 진행되었다.

일행은 정말 빠르게 나아갔고, 스켈레톤들이 나타나면 빠르게 정리했다.

망자의 미궁은 이동할수록 아래로 내려가게 되어 있는 구조였다.

한참 밑으로 내려온 서문엽 일행은 이제는 방향을 바꿔서 중국 팀이 있는 위쪽으로 다시 향하기로 했다.

여기서도 서문엽은 백하연을 이용한 새로운 지름길을 파악했다.

"자, 하연아."

"알았어."

백하연은 서문엽에 의해 힘껏 던져져서 상당한 높이를 가뿐히 올라왔다.

이어서 서문엽이 힘껏 점프했다.

절반도 닿지 않았지만, 함께 점프한 이나연이 두 손으로 서문엽의 발판을 만들어주었다.

한 번 더 도약한 서문엽은 간신히 백하연이 뻗은 채찍을 잡고 매달릴 수 있었다.

이나연은 서문엽의 발판이 되어준 탓에 급격히 아래로 추락했지만, 양쪽 벽을 밟으며 점프를 사용해 다시 올라가는 데 성공했다.

그런 방식으로 세 사람은 엄청나게 시간을 단축한 지름길로 중국 팀에게 접근했다.

* * *

"망자의 미궁은 구조가 복잡하고 시야를 가리는 지형지물도 많아서 서문엽이 더욱 활발하게 견제 플레이를 펼칠 수 있는 곳이다."

중국 팀 주장 저우린이 말했다.

"1세트 때 봤다시피 한국은 서문엽, 피에트로 빼면 아무것도 아니야. 혼자서 다른 떨거지들을 캐리해야 하는 서문엽은 견제 플레이에 나서는 것 외에는 선택지가 없다."

다른 중국 선수들도 고개를 끄덕이며 동의했다.

1세트 때, 서문엽과 백하연 등이 데스당하자 나머지 한국 선수들은 몹시 무력했다.

무시무시한 초능력을 펼친 피에트로, 그리고 아무에게도

안 들키고 던전을 기어 다닌 조승호가 아니었으면 승리는 중국의 것이었다.

다소 희생을 치르더라도 서문엽을 잡아내고, 공격적인 운영으로 승리를 따낸다는 구상이 거의 다 맞아떨어졌던 1세트였다.

"저쪽도 슈란에게 쓴맛을 봤을 테니 백하연이든 이나연이든 더 조심스러울 거다. 하지만 견제는 반드시 온다. 각자 위치에서 적의 접근을 최대한 빨리 알아차리고 대비해야 해."

―알았어.

―맡겨주세요.

각 조의 조장 격인 선수들이 대답했다.

중국 팀은 현재 1세트와 달리 4―4―3 세 조로 나뉘어 있었다.

뿔뿔이 흩어져 있으면 견제의 타깃이 되기 쉽지만, 구조가 몹시 복잡한 낭자의 미궁이기 때문에 도리어 한데 뭉쳐 있는 게 더 불리했다.

세 조도 나뉘어서 사냥하는 그들은 적의 접근을 알아차린 순간 펼쳐져서 모든 퇴로를 차단하고 견제 온 적을 궁지에 몰아넣을 참이었다.

이러한 배치가 역설적으로 적이 쉽사리 접근하지 못하게 하는 수비 진형이 되는 셈이다.

"슈란, 피에트로 아넬라는?"

저우린이 물었다.

—한국 쪽 본대와 함께 있는 것 같아요.

다른 조에서 사냥 중인 슈란이 답했다.

슈란의 이번 위치 파악 초능력의 타깃은 바로 피에트로였다.

"계속 주의를 기울여 줘. 피에트로가 언제든 공간 이동으로 접근할 거야."

—네.

"리양신, 첸진. 두 사람은 서문엽이 나타나면, 공격받는 쪽으로 빠르게 지원 간다."

—예.

—좋아.

리양신은 경신술.

그리고 첸진은 '무중력'이라는 초능력으로 자유롭게 움직일 수 있는 선수였다.

두 사람 다 기동력이 특기이므로 위험 상황에 투입되는 지원 역할로 쓰이기로 했다.

그렇게 만반의 태세를 기울인 중국 팀은 서문엽이 오기만을 기다렸다.

*　　　*　　　*

"으아, 유령 같은데요."

이나연이 나직이 속삭였다.

유령 소리가 나올 법도 했다.

한 사내가 중력을 무시한 채 공중을 떠다니고 있었으니까.

계단과 방을 벗어나면 10배의 중력이 가중되는데도, 사내는 중력 따위 자기 일이 아니라는 듯 멋대로 떠다닌다.

그러면서 날카로운 눈으로 사방을 빠르게 둘러보며 감시했다.

사내의 눈길이 훑을 때마다, 서문엽 일행은 급히 머리카락 한 올 안 보이게 모습을 숨기기 급급했다.

"직접 겪으니까 더 골 때리는 놈이네."

서문엽도 한마디 할 수밖에 없었다.

—대상: 첸진(인간)

—근력 67/67

—민첩성 92/92

—속도 84/84

—지구력 67/67

—정신력 80/80

—기술 79/79

—오러 83/83

—리더십 22/41

—전술 76/86

—초능력: 무중력, 중력 조작

—무중력: 최장 60초간 중력의 영향을 받지 않는다.

—중력 조작: 3초간 자신에게 가해지는 중력의 방향을 바꾼다.

중국이 좋아하는 전형적인 스타일의 선수였다.

민첩하고 발 빠른 선수 말이다.

거기다가 중력까지 무시하거나 도리어 조작까지 하니 공중에서 자유자재로 움직일 수 있다는 뜻이었다.

경신술 초능력을 가진 리양신이라는 선수처럼, 저 사내도 무협 꿈나무 출신인가 하고 생각한 서문엽이었다.

'어떤 새끼는 경신술을 쓰더니, 저 새낀 허공답보를 하고 계시네.'

멋진 그림이 그려진다.

대나무 나뭇잎 위에 사뿐히 서 있는 리양신.

그리고 그 위로 허공을 걷고 있는 저 유령 같은 친구 첸진.

거기에 창술의 고수 저우린과 손가락에서 광선이 뿅뿅 나오는 슈란까지 더해지면, 중국판 어벤져스가 따로 없었다.

"삼촌, 재 23살쯤 됐는데 영화도 찍었어."

백하연이 옆에서 속삭였다.

"…무협 영화겠지?"

"응. 무협 장르로 잘 가다가 갑자기 엔딩은 서양의 초인과 대결해서 이기는 걸로 끝나더라. 깜짝 놀랐어."

"뭘 놀래. 몹쓸 중국 액션 영화의 전형이지."

그러다가 포청천도 미국 복서와 싸울까 봐 걱정될 정도였다.

"아무튼 이 자식들 위치가 너무 절묘한데."

서문엽은 중국 선수들의 분산 배치된 구조를 보며 감탄했다.

가까이 접근했다가 들키면 곧장 중국 선수들이 일사불란하게 움직여 모든 퇴로가 차단될 것 같았다.

거기에 저 첸진이라는 녀석이 화룡정점이었다.

60초간 공중을 떠다니며 순찰을 하고 있으니, 저 눈을 피해서 접근하기가 불가능했다.

'보아하니 리양신도 함께 움직이는 모양이네.'

진술 100의 서문엽은 중국 팀의 의도를 소상하게 파악했다.

자기 체중을 깃털처럼 가볍게 할 수 있는 리양신은 중력을 무시하고 허공을 유영할 수 있는 첸진과 함께 움직이기 딱 좋은 파트너였다.

첸진이 깃털 같은 리양신을 어깨에 얹고서 함께 날아다니면 어디든 빠르게 도달할 수 있다.

아마 서문엽이 기습을 시도하면, 저 두 사람이 어디든 공격받은 쪽으로 날아와 합세할 터였다.

'여기까지 왔는데 반응이 없는 걸 보면, 이번에는 위치 파악의 타깃이 피에트로인가 보군.'

서문엽은 확신을 가졌다.

슈란의 위치 파악 타깃이 누구인지 혼란을 주어서 자신을 속인 함정은 이미 1세트 때 시도되었다. 한번 써먹은 것을 또 쓰지는 않을 터였다.

중국 팀의 저 완벽한 배치를 보면, 위치 파악 없이도 충분히 적의 견제를 막아낼 수 있었다.

'중국 대표 팀이 전술적으로 뛰어난 팀은 아니라고 들었는데, 이번에는 상당히 준비를 많이 했네.'

내년의 월드컵을 위해 작심하고 준비한 티가 확 나는 중국 대표 팀이었다.

"삼촌, 어떡할까? 이대로 물러나?"

백하연이 채근했다.

지금도 계속 시간이 흐르고 있었기 때문이다.

시간이 지날수록 사냥을 하지 못하고 있는 것이 손해였다. 견제는 그런 손해를 감수하기 때문에 반드시 상대에게 피해를 입혀야 했다.

"그냥 물러날 수가 있나. 뭐라도 잡아야지."

서문엽은 첸진을 가리켰다.

"지금은 잡을 수 있는 게 저 자식밖에 없다."

"어떻게 잡을 수는 있어도, 곧바로 포위망이 펼쳐질 텐데."

"포위망이 펼쳐지면, 피에트로를 불러서 그중 한쪽을 완전히 작살낼 거야."

그렇다.

서문엽은 단순한 견제가 아니라, 중국 팀에게 치명타를 가하려고 작정하고 여기까지 침투한 것이다.

"시작한다."

서문엽은 허공을 걷듯이 날고 있는 첸진에게 창을 던지기 시작했다.

쉬익!

이어서 또 한 자루를 꺼내 던졌다.

계속 던졌다.

쉬이익— 쉭—

결국은 8자루의 창 모두가 첸진을 향해 날아갔다.

"헉! 적이다!"

첸진은 깜짝 놀라 창을 피하려 했다.

하지만 서문엽은 창이 날아가는 속도를 조절할 수 있었다.

처음 던진 창은 약간 느리게.

그리고 뒤로 갈수록 빨리 날아가게 던졌다.

그렇게 해서 8자루의 창이 동시에 목표물에게 도달하도록 컨트롤한 것이다.

일전에 영국 통합 대표 팀과 A매치를 했을 때 개리 윌리엄스를 잡아냈던 그 필살기였다.

첸진은 나름 민첩성 92를 가진 발군의 반사 신경을 가졌다.

하지만 8자루의 창이 일시에 도달해 피할 곳이 전혀 없자 당황했다. 중력 조작으로 공중에서 방향을 바꿀 수 있었지만, 그 점을 고려해서 모든 곳에 창을 던졌으니 허사였다.

"컥!"

한 자루는 쳐냈으나, 다음 창에 다리를 꿰뚫렸다.

정신 바짝 차리고 치명상만 피하려 했지만, 그중 한 자루의 창이 악랄하게도 극심한 변화를 일으키는 궤적으로 가슴팍에 도달했다.

—서문엽, 1킬.

첸진의 아바타가 가루가 되어 사라졌다.

던지기를 증폭시켜서 던졌기 때문에, 창들은 모두 서문엽에게 되돌아왔다.

"서문엽이다!"

"왔구나!"

중국 선수들도 즉각 반응했다.

첸진의 데스가 신호탄이 되어서 중국 선수들이 일사불란하게 움직였다.

"일단 빠져! 도망치는 척해야 해."

서문엽이 소리쳤다.

세 사람은 즉각 뒤돌아 도망쳤다.

중국 선수들은 그들의 도주 경로를 파악하고는 포위망을 형성하기 위해 움직였다.

하지만 그 움직임이 서문엽이 유도한 것임은 알지 못했다.

전술 100!

서문엽은 중국 선수들이 어떻게 포위망을 펼칠지 다 예상하고서 도주 경로를 잡은 것이다.

'저렇게 움직이면, 슈란은 소멸 광선을 쏘기 좋은 위치에 있어야 하니까…….'

서문엽은 슈란의 위치를 계산했다.

사전에 철저히 훈련된 포위망이다.

특히나 전술 병기인 슈란은 결코 즉흥적으로 움직일 리 없으니, 서문엽이 계산하기도 쉬웠다.

'저쪽이겠군.'

곁눈질로 흘깃 북서쪽 방면 위쪽 계단을 살폈다.

보이지는 않지만 슈란이 자세를 낮춘 채 은밀히 이동 중일 터였다.

서문엽은 계속 중국 선수들을 유도했다. 피에트로의 영령의 일격이 미치는 범위 안에 들어오도록.

"피에트로! 지금이야!"

―알았다.

파앗!

피에트로가 공간 이동으로 서문엽의 옆에 나타났다. 피에트로는 나타나자마자 마법진을 만들어 허공에 띄우기 시작했다.

그 순간.

북서쪽 방향의 위쪽 계단에서 슈란도 모습을 드러냈다.

슈란은 검지로 피에트로를 가리키고 있었다.

'그럴 줄 알았다!'

서문엽이 방패를 들고 피에트로의 앞을 가로막았다.

슈란은 흠칫했지만, 하던 일을 강행했다.

서문엽과 피에트로를 한꺼번에 죽일 작정으로 소멸 광선을 쏜 것이다.

콰아아아아아!!

"크헉!"

소멸 광선이 방패에 도달했다.

방패에 오러를 잔뜩 불어넣고 가드를 올린 서문엽은 소멸 광선의 압력에 신음을 했다.

'조, 졸라 세잖아, 씨발!'

19년 전, 한 번 슈란의 소멸 광선을 방패로 막아본 적이 있었다.

정확히는 빛을 거울에 반사시키듯이 방패로 소멸 광선을 튕겨내서 지저 문명의 상급 사제를 처치했다.

그때보다 위력이 20% 페널티를 받았으니, 충분히 막을 수 있다고 믿었다. 심지어 서문엽은 현재 오러가 101로 슈란을 능가하지 않았던가.

그런데 지금 방패 위로 쏟아지고 있는 무시무시한 위력은 서문엽의 계산 밖이었다.

'새, 생각해 보니 그땐 비스듬히 튕겨내는 거였구나.'

막고 있는 서문엽과 그 뒤에 있는 피에트로를 한 큐에 죽이겠다고 쏘는 소멸 광선은 위력이 달랐다.

슈란은 소멸 광선을 계속 쏘았다.

위력과 함께 오러 소모도 20% 차감되었으나, 그래도 소멸 광선은 엄청난 오러양이 증발한다.

하지만 방패에 오러를 퍼붓고 있는 서문엽도 사정은 마찬가지였다.

콰콰콰콰콰콰!!!

일대의 승부!

소멸 광선을 맞으면서도 계속 견디는 서문엽.

이에 슈란의 표정도 서서히 당혹감이 떠올랐다. 그제야 상대가 소멸 광선을 막을 수 있는 유일한 초인이었다는 사실이 떠올랐다.

1세트 때 어떻게든 소멸 광선을 피하려 들었던 서문엽의 움직임 때문에 잠시 망각했다. 맞히기만 하면 처치할 수 있다고 자신하고 있었다.

'그래도 자신이 있었는데 어떻게 견디는 거지?!'

슈란은 서문엽을 잘 알고 있었다.

자신이 작정하고 쏘면 방패로 막기는 해도 압력을 견디지 못하고 뒤로 나가떨어질 거라고 계산했다. 근력이 약하다는 단점이 있었으니까.

계산 못 한 것은 바로 서문엽의 늘어난 근력이었다.

무력 88이 된 서문엽의 근력은 더 이상 세계 레벨의 탱커들만 놓고 따져도 약한 수준이 아니었던 것이다.

그런데, 서문엽도 계산 못 한 게 있었다.

콰드득!

'응?'

서문엽은 방패로부터 느껴지는 이상한 감촉에 섬뜩함을 느꼈다.

방패에 균열이 가고 있었다.

'망했다!'

최후의 던전도 함께 누볐고, 최근에는 타락한 대사제 일당과 싸울 때도 함께한 이 방패는 소멸 광선까지 견뎌낼 정도의 내구력은 더 남아 있지 않았다.

'제발! 제발!'

조금만 더 견뎌달라고 요청했지만, 방패는 속절없이 균열이 가속화됐다.

이에 용기를 얻은 슈란이 더더욱 박차를 가한 것은 물론이었다.

콰지지지직!

방패가 완전히 박살 나고야 말았다.

죽었다.

그리고 졌다.

그런 생각이 드는 찰나였다.

"무기 같은 촉매가 있다고 생각하고서 허공에 오러로 원을 그려보는 것은 어떠냐?"

피에트로가 오러 컨트롤 수련을 권하면서 했던 충고가 떠올랐다.

방패가 사라졌지만 오러는 여전히 서문엽의 두 손에 모여 있었다.

놀랍게도, 강력한 내구도로 응집된 오러 덩어리가 소멸 광선을 계속 막아내고 있었다.

맨손으로 소멸 광선을 막고 있는, 경이적인 광경이 펼쳐지고 있는 것이었다.

*　　*　　*

인터넷 중계로 경기를 지켜본 해외의 네티즌들은 놀라운

광경에 눈을 의심하는 반응을 보였다.

—서문엽이 마침내 인간이길 포기한 것 같다.
—난 내 눈이 의심되니까 누가 설명 좀 해줄래? 지금 서문이 소멸 광선을 손으로 막고 있는 거 맞지?
—맞는 것 같아. 내 눈도 고장 난 게 아니라면.
—느린 화면으로 다시 나온다.

느린 화면으로 서문엽이 방패가 부서지자 두 손을 모아서 소멸 광선을 막는 것이 보였다.

정확히는 두 손에 모은 오러 덩어리로 소멸 광선을 막고 있었다.

오러 덩어리를 손에 모으는 정도야 오러 컨트롤을 어느 정도 연마한 배틀필드 선수도 할 줄 아는 거였다. 심심해서 오러를 연마하는 일반 초인도 종종 할 줄 아는 것이니 말이다.

그런데 그렇게 만든 오러 덩어리는 쉽사리 흩어지는 것이 보통이었다.

그것이 소멸 광선에 견딜 정도로 견고한 것은 말도 안 되는 일이었다.

서문엽은 인간의 상식을 하나 깨버린 것이나 다름없었다.

—방패가 부서지니까 오러를 뭉쳐서 소멸 광선을 막았어. 저

게 가능한 거야?

—오러 덩어리는 나도 만들 수 있어. 그런데 조금의 충격에도 흩어져 버릴 뿐이지. 저건 말도 안 돼.

ㄴ초인이냐? 좋겠다.

ㄴ뭐가 좋아? 회사에서 육체노동을 도맡아 하는데. 심지어 그들은 날 하인처럼 부리는 걸 즐기는 것 같아.

ㄴ하긴, 아직 사회가 초인 차별이 좀 심하긴 하지.

ㄴ그래도 잘 안 늙잖아. 부럽다.

—슈란의 소멸 광선을 막을 수 있는 탱커는 지금껏 없었어. 안 부서지는 튼튼한 방패를 들고 있어도 말이지.

—저 방패 모로 공방에서 만든 것 아냐? lol

ㄴ아냐, 저건 서문이 지저 전쟁 시절부터 쓰던 거야.

—서문 방패 새로 사야겠다. 아니, 생각해 보니 방패가 필요 없을 것 같은데.

기적에 가까운 일을 선보인 서문엽은 소멸 광선을 막아내는 데 성공했다.

슈란은 소득 없이 오러를 모두 소진하고 말았다.

서문엽도 오러를 거의 다 소진했지만, 아직 오러양이 3% 정도 남아 있어 간신히 몸을 움직일 정도는 되었다.

슈란을 믿고 가까이 접근해 있었던 중국 선수 전원은 피에트로가 소환한 영령에 의해 휩쓸렸다.

중국 선수 10명이 모두 범위 안에 있는 것이 치명적이었다.

—피에트로 아넬라, 1킬.

—피에트로 아넬라, 2킬.

—피에트로 아넬라, 3킬.

—피에트로 아넬라, 4킬.

무더기로 4킬을 낸 어마어마한 성과였다.

목적을 달성한 서문엽은 일행을 도주시켰다.

치명적인 피해를 입은 중국 선수들은 서문엽 일행이라도 모두 처치해야 승부의 균형을 유지할 수 있기 때문에 필사적으로 쫓았다.

오러 소진으로 도망갈 기운이 빠진 서문엽은 혼자 남아 시간을 벌었다.

그사이에 이나연과 백하연은 빠른 속도로 어렵지 않게 도망쳤고, 발이 느린 피에트로 역시 페널티인 3분이 지나서 다시 공간 이동으로 빠져나갔다.

서문엽은 결국 죽었지만 승기는 완전히 한국에게 넘어왔다.

10 대 6.

거기에 슈란은 오러 소진.

중국은 극히 불리해졌다.

심지어 한국 측은 한바탕 4킬을 쓸어 담은 피에트로가 조승호 덕분에 오러를 다시 충전했고 말이다.

한국은 적극적인 공세로 나갔다.

서문엽에게 크게 혼났던 게 있었기 때문에 채우현은 동료들에게 적극적인 공세를 주문했다.

반면, 중국도 주장 저우린이 사기가 떨어진 팀을 수습했다.

"충돌을 피하고 최대한 시간을 번다. 놈들이 아무리 공세를 펼쳐봤자 피에트로만 조심하면 별거 아냐! 슈란이 소멸 광선을 한 번 더 쏠 수 있을 정도로 오러양을 회복한다면 그때 다시 승부를 낸다!"

슈란이 오러양을 어느 정도 회복할 때까지 시간을 버는 계획으로 전환한 것.

그것밖에 답이 없었기 때문에 저우린의 대처는 중계진으로부터도 호평을 받았다.

피에트로의 위치는 슈란이 계속 파악하고 있었기 때문에 중국은 한국 팀의 압박을 피해 다니며 사냥을 계속했다.

그렇게 쉽게 끝날 것 같았던 경기는 장기전으로 흘러가는가 싶었다.

하지만, 피에트로가 아니어도 한국은 만만하지 않았다.

계속해서 맹렬하게 쫓으며 중국을 괴롭혔던 것이다.

1세트와 달리 무척 호전적인 한국 선수들을 보며 중국 대표 팀도 당황했다.

"야, 너한테 한 소리 듣더니 이제 적극적으로 잘한다. 그렇지?"

백제호가 화색이 되었다.

그러나 서문엽은 여전히 시큰둥했다.

"개뿔. 하연이하고 이나연이 앞장서서 이끄는 거 안 보이냐? 쟤들이 살아 있으니까 잘하는 거지, 두 사람 없으면 1세트하고 똑같아."

"그래도 마음가짐이 달라졌잖아. 탱커들도 잘 움직이고 있고."

"시야 확보가 되니까 적이 어디 있는지 알고 움직이는 거야. 마음가짐은 무슨."

서문엽과 달리 마음가짐도 상당히 중요하다고 생각하는 백제호였지만 굳이 말다툼을 벌일 생각은 없었다. 백하연과 이나연이 압박에 앞장서는 것은 사실이었으니까.

"앞으로 기동성과 시야 확보가 더 중요해지겠는데."

"메인 오더도 바꿔야 해."

서문엽이 문제점을 또 지적했다.

"조승호도 따로 빼서 시야 전달로 더 넓은 지역을 시야에 넣었어야지. 채우현은 지금 조승호를 본대에 같이 포함시켜서 데리고 다니잖아."

"메인 오더는 너잖아. 채우현은 너 없을 때 애들 이끄는 서브 오더지."

"아무튼 채우현은 기본은 하는데 더 치밀하지 못해."

—대상: 채우현(인간)

—근력 88/88

—민첩성 80/80

—속도 70/70

—지구력 80/80

—정신력 85/90

—기술 79/85

—오러 83/83

—리더십 90/90

—전술 62/62

—초능력: 둔화

증폭된 분석안에 보이는 채우현은 처음 봤을 때보다 눈부시게 성장했다.

75였던 민첩성이 80으로 한계까지 찼다.

69으로 낮은 편이었던 지구력이 80까지 다 성장한 것이 가장 큰 성과.

약체일수록 더 열심히 뛰어야 한다는 서문엽의 지론이 국가 대표 팀에까지 적용된 덕분이었다.

거기다가 79였던 정신력은 85까지 늘었다.

한국 대표 팀의 사정이 나아졌고, 메인 탱커를 최혁에게 내어주고 한발 물러선 덕에 더 많은 것을 볼 수 있어서 정신적으로 성장한 듯했다. 요약하자면, 서브 탱커가 적성이어서 안정감을 느끼는 것이다.

기술은 70에서 79로 상승.

대표 팀에서 한솥밥 먹는 서문엽이 여러 가지로 탱커에게 필요한 테크닉을 가르쳐 준 덕분이었다. 몇 마디씩 숙제를 내주면 성실한 채우현이 꾸준히 시키는 대로 연마하는 방식의 지도였다.

기술을 85까지 다 채운다면 빅 리그에서도 서브 탱커로 능히 활약할 수 있는 자원이었다.

리더십은 원체 높으나, 아쉬운 점은 바로 전술.

'전술 이해도가 어째 이놈이랑 똑같네.'

서문엽은 백제호를 쳐다보며 중얼거렸다.

백제호도 전술이 62/62였다.

헤이해진 팀 분위기를 잡아주는 역할은 할 수 있지만, 능수능란한 오더로 팀 운영을 끌어가는 데는 한계가 있는 것이다.

선수 개개인의 역량이 부족한 한국은 그만큼 전술이 더 중요했다.

매순간마다 탁월한 오더로 팀을 운영할 수 있는 사람이 필요했다.

'조승호? 아냐, 아무래도 전투 현장에서 겉도는 서포터다 보

니 한계가 있어.'

조승호는 전술이 무려 88/90이었다.

전투 능력이 없어서 숨어 다니는 비루한 플레이를 하지만, 머리는 굉장히 좋은 것이다.

그 재능이 아까워서 YSM에서 어떻게든 써먹어보려고 했지만, 현장에서 지휘하는 것과 제3자 입장에서 훈수를 두는 것은 차이가 컸다.

현장에서 싸우는 선수들이 오더에 얼마나 공감하느냐가 달라지는 것이다.

동료들이 조승호를 무시하는 것은 아니었지만, 목숨이 걸린 전투에서는 반사적으로 함께 싸우는 다른 동료의 말이 더 가슴에 와닿는 건 어쩔 수 없었다.

그래서 조승호는 그냥 보조적인 오더로 의견을 내는 역할로 한정되어졌다. 물론 나중에 은퇴하면 전술 코치로 써먹어야겠다고 결심한 서문엽이었다.

'어라? 생각해 보니 적임자가 있었네?'

서문엽의 뇌리에 백하연이 떠올랐다.

—대상: 백하연(인간)

—근력 82/82

—민첩성 90/90

—속도 95/95

—지구력 80/80

—정신력 81/81

—기술 75/75

—오러 70/70

—리더십 91/95

—전술 82/86

—초능력: 순간 이동, 로프

근력을 82까지 다 채우고, 지구력도 78에서 80까지 다 찼다.

기술이나 오러도 이제 더 여지가 없이 완전히 성장한 모습의 백하연.

이 능력치만으로도 빅 리그에서 능히 주전 근접 딜러를 뛸 수 있는 역량이었다.

그런데 놀라운 것은 엄청난 리더십과 전술이었다.

'거의 장군감이다!'

70이었던 전술이 82까지 올라간 것이 놀라웠다.

전투 현장에서 앞장서서 싸우는 백하연이니 선수들을 이끄는 데도 능했다. 오래전부터 대표 팀의 에이스였고 말이다.

고개를 끄덕인 서문엽은 백제호에게 말했다.

"하연이가 좋겠다."

"응? 뭐가?"

"나 없을 때 메인 오더 말이야."

"하연이? 진심이야?"

"하연이가 얼마나 늠름한지 모르냐? 재 장군감이야, 장군감."

"으음, 괜찮을까."

자기 자식이다 보니 물가에 내놓은 것 같아서 불안한 백제호였다.

서문엽이 큰소리 탕탕 쳤다.

"내 안목 못 믿어?"

"믿긴 한데… 그럼 채우현은 어쩌지? 메인 탱커 역할도 내려놨는데 서브 오더 자리도 내놓으라고 하면……."

"순순히 받아들이겠지. 재가 멘탈 쓰레기인 줄 아냐?"

정신력 85면 그런 일로 흔들리는 시기는 지났다고 봐야 했다.

팀 분위기를 이끄는 것 정도는 팀의 베테랑으로서도 충분히 할 수 있는 역할이었다.

"알았어. 2차전부터 새로운 체제로 실험해 보자고."

오늘 경기에서 이겨도 지역 예선은 끝나지 않는다. 일본, 이란, 베트남, 중국과 한 번씩 더 경기를 치러야 한다. 월드컵 본선은 내년 중순이니 아직 테스트를 할 기회는 많았다.

결국 그날 경기는 한국의 2—0 완승으로 끝났다.

2세트는 중국이 질기게 버티긴 했지만, 호전적으로 압박하는 한국을 피해 다니느라 성장을 제대로 하지 못한 게 타격이 컸다.

반면 보스 몹을 사냥하며 성장한 피에트로는 막판에 벌어진 한 타 싸움에서 2킬을 더 추가하였다.

도합 6킬 2어시로 피에트로는 2세트 MVP가 되었다.

양 팀은 인터뷰를 가졌는데, 중국 팀 감독은 무척 아쉬운 얼굴이었다.

"우리 대표 팀의 역량이 한국에 밀린다는 생각은 들지 않습니다. 그저 서문엽과 피에트로 아넬라에게 졌을 뿐입니다."

반면 백제호는 한층 여유가 생긴 표정.

대표 팀 감독을 맡은 이래로 가장 당당한 모습으로 말했다.

"서문엽과 피에트로 아넬라의 활약은 당연한 일이었습니다. 그 외적으로 이나연, 조승호 등의 투입도 성공적이어서 1승 이상의 성과였다고 봅니다. 아직 실험해 볼 옵션이 더 있기 때문에 다음 대결이 더 기다려집니다."

거의 서문엽의 아바타나 다름없는 백제호였다. 백제호의 장점은 성격이 유연해서 고집 없이 남의 조언을 잘 듣는다는 점이었다.

그렇게 중국전이 승리로 끝나고 귀국한 한국 대표 팀은 공항에서 팬들의 큰 환영을 받았다.

"대한민국!"

"아시아 최강!"

일본에 이어 마침내 중국마저 꺾고 아시아 최강이 되었다는 기쁨을 누리는 팬들이었다.

특히나 슈란의 무시무시한 소멸 광선을 막아낸 서문엽의 인기는 하늘을 찌를 듯했다.

"수련의 성과가 있나 보군?"

돌아가는 길에 피에트로가 말을 건넸다.

서문엽은 고개를 끄덕였다.

"나도 모르게 반사적으로 했는데 정말 막을 줄은 몰랐네."

"오러를 거기까지 응집시킬 수 있다면 이미 인간의 한계는 물론이고 지저인 중에서도 상위 수준이다. 한 번 다시 원을 그려봐라."

서문엽은 검지에 오러를 집중시켜 허공에 동그라미를 그렸다.

오러가 동그란 원을 이룬 채 유지되고 있었다.

너무 쉬웠다.

수련의 성과가 마침내 나타난 것이었다.

제2장
결산

집에 돌아왔는데 문득 전화가 왔다.

발신자 표시에 필립 모로라고 적혀 있었다.

모로 형제의 동생이 갑자기 무슨 용건일까?

라고 생각하다가 서문엽은 금세 알아차렸다. 오늘 슈란의 소멸 광선을 막다가 방패가 부서졌다.

물론 가상공간에서 벌어진 일이니 진짜 방패는 멀쩡했지만, 소멸 광선을 견딜 내구력은 남아 있지 않다는 것이 오늘 경기에서 증명되었으니 새것으로 바꿔야 했다.

'그럼 새 방패를 만들어주겠다고 전화한 건가.'

일단 전화를 받아보았다.

"무슨 일이야?"

—아니, 서문엽 씨! 오늘 참사는 대체 뭡니까!

"뭐가 참사야? 멋지게 2 대 0으로 이겼는데."

—방패요! 서문엽 씨 같은 영웅께서 아직 그런 낡은 방패를 쓰시다니요!

"이거 너희 공방에서 만든 거거든?"

—19년 전에 말이죠!

"잘 아네. 이야, 이럴 줄 알았으면 그냥 독일제 쓰는 건데 괜히 프랑스에 가가지고는."

—아니, 그게 무슨 섭섭한 말씀이십니까! 독일은 무슨요! 자동차라도 사십니까? 저희 모로 공방에서 제작했으니 최후의 던전에서 서문엽 씨의 든든한 버팀목이 되었던 것이죠!

서문엽은 필립 모로의 성난 목소리를 감미롭게 즐겼다.

—지금은 그때보다 훨씬 합금 기술이 발달했습니다. 소멸광선으로 아무리 쏴도 안 부서지는 방패를 선물해 드리겠습니다. 어디 내구성뿐입니까? 높은 오러 전도율이야말로 최신 합금 기술의 핵심입니다. 보다 빠르게 오러를 방패에 전달할 수 있는 거죠.

"그래? 얼만데?"

—얼마는요. 스폰서십이죠. 저희가 돈을 드려야죠.

창에 이어 장비 후원 계약이 또 늘었다.

"그럼 나야 좋지."

—19년 전의 방패 디자인 도면이 아직 그대로 있으니 외형과 무게는 똑같이 제작해 드릴 수 있습니다. 그런데 대신 디자인 말인데요.

"읊어봐."

—저희 모로 그룹의 로고를 새긴 방패를 사용해 주신다면 스폰서 금액이 대폭 늘어납니다만…….

"좋아. 품질만 좋으면 아무렴 어때."

—오오, 좋습니다. 저희 로고를 떡하니 들고 활약하실 서문엽 씨를 상상하니 벌써부터 뿌듯해집니다.

"나도 같은 상상을 하니까 이상하게 치욕감이 든다. 너희한테 빚을 져서 콜로세움에 나온 검투사 같은 기분이랄까."

—흐흐, 별말씀을 다 하십니다.

자세한 이야기를 들었는데, 이미 신형 방패는 완성품이 여러 개 있어서 모로 그룹의 로고만 새기고 전해준다고 하였다.

스폰서십 계약도 해야 하니 겸사겸사 모로 형제가 한국에 방문하기로 했다. 무척 바쁜 형제가 굳이 직접 찾아온다니, 강한 팬심이 느껴졌다.

새로운 방패가 생기게 되었으니, 이제 최후의 던전에서 썼던 장비는 모두 창고에 틀어박히게 되었다.

'근데 창고에 박아놔서 뭐 하겠어? 어차피 쓰레기인데.'

딱히 기념품을 모으는 성격도 아니어서 서문엽은 자신의 옛 장비를 전부 처분하기로 했다.

처절했던 싸움을 증명하는 찢어진 갑옷부터 본래 쓰던 4자루의 창, 그리고 방패까지.

창고에서 옛 장비 세트를 전부 챙긴 서문엽은 모로 형제에게 비싸게 팔 궁리를 했다.

'내가 죽지 않고 멀쩡히 살아 있으니 유품 경매 때처럼 비싸지는 않을 테지만, 문어 형제라면 좋은 값을 쳐주겠지.'

그 녀석들이라면 환장하고 탐낼 거라고 확신했다.

그러고 나니 어느새 시간은 자정이 다 되어 있었다.

서문엽은 자신의 방에 딸린 욕실에 들어가 샤워를 했다.

그리고 나와서 습관적으로 분석안을 거울에 비치는 자신에게 사용했다.

그랬더니.

—대상: 서문엽(인간)

—근력 88/89

—민첩성 98/99

—속도 80/81

—지구력 93/94

—정신력 110/111

—기술 104/105

—오러 105/106

—초능력: 분석안, 던지기, 불사, 증폭, 영혼 연성

"어?!"

서문엽은 깜짝 놀랐다.

하룻밤 사이에 능력치가 변했다.

기술이 101에서 104으로 무려 3이 올랐다.

오러도 102에서 105로 3 올랐다.

이미 100을 넘겼던 능력치가, 단 하룻밤 사이에 3씩이나 말이다.

말도 안 되는 일이었다.

순간 분석안이 오류 났나 의심했을 정도. 그런데 곰곰이 생각해 보니 짐작 가는 부분이 있었다.

'아, 설마 오러 컨트롤 요령을 터득한 영향인가?'

슈란의 소멸 광선을 막을 때 수없이 시도했지만 감도 잡을 수 없었던 오러 컨트롤을 깨우쳤다. 그 깨달음의 영향으로 기술과 오러가 대폭 늘었으리라. 실제로 그 오러 컨트롤은 기술과 오러 전반에 막대한 영향을 끼치니 말이다.

"이야, 이거 보람 넘치네."

서문엽은 히죽거리며 웃었다.

자신의 능력치를 보니 뿌듯하기 그지없었다.

예쁘게 모든 능력치를 세 자릿수로 만들고 싶다는 욕망이 치민다.

'어디 보자. 다음 중국전은 1개월 후인가?'

서문엽은 현재 출전할 만한 경기가 별로 없었다.

YSM은 이미 압도적으로 우승을 향해 달리고 있어서 서문엽과 피에트로는 아예 출전을 잘 하지 않고 있었다. 두 사람이 출전하면 승부가 너무 뻔해지기 때문에 적당히 긴장하라고 애들끼리 싸우게 놔둔 것이다.

월드컵 지역 예선 정도가 서문엽이 나설 수 있는 경기인데 일본전도 싱겁다는 게 밝혀졌고, 남은 건 중국과 또 부딪치는 한 달 뒤의 경기뿐이었다.

한 달 내에 뭘 수련해야 눈에 띄는 성과를 얻을 수 있을까?

자신의 능력치를 살펴본 서문엽은 아직 80밖에 안 되는 속도에 주목했다.

'그러고 보면 1세트도 2세트도 도망치지 못하고 죽었지?'

서문엽의 속도가 빨랐더라면 살아남을 수 있었을 터였다.

물론 탱커 속도 80이면 결코 느린 편이 아니지만, 요즘 주가를 높이고 있는 발 빠른 탱커들을 보면 85가 넘는 이들이 많았다. 나무를 사랑하는 청년, 치치 루카스만 봐도 속도가 무려 91/97 아니던가?

'좋아, 속도를 중점적으로 수련해 보자.'

아무리 자신을 잡으려고 함정을 파고 빠른 발로 빠져나가면 그야말로 무적이 될 터였다.

다음 날 서문엽은 YSM 클럽하우스에 출근해 육상 코치로부터 달리기를 지도받았다.

YSM은 지구력과 함께 달리기를 꽤 중시하고 있었기 때문에 해당 훈련 프로그램이 우수했다.

"정말 놀랍군요."

서문엽의 데이터를 분석 프로그램으로 돌려본 가브리엘 감독은 놀라움을 금치 못했다.

"거의 원어민 같은 감독 한국어 실력이 더 놀라운데."

"저야 계속 공부했으니까요. 그런데 구단주님은 그동안 뭘 하신 겁니까? 전반적으로 모든 수치가 올랐는데 특히 근력이 놀라울 정도로 향상됐습니다."

"특별 수행을 좀 하고 있었지."

"그리고 경기 중에 보여주신 그 오러 운용법은 어떻게 하신 겁니까?"

"이런 거?"

서문엽은 오러로 동그라미를 허공에 그려보았다.

손을 뗐는데도 유지되는 동그라미에 가브리엘 감독은 깜짝 놀랐다.

"이게 가능한 겁니까?"

"내가 워낙 천재잖아. 다른 사람은 아마 못할 거야."

"……."

가브리엘 감독의 미간에 깊은 주름이 잡혔다. 진심인지 농담인지 알 수 없었지만 아무튼 한계를 알 수 없는 불가사의한 구단주였다.

'그래도 저렇게 애매하게 말하는 걸 보니, 다른 선수들에게는 권하지 않는 눈치군.'

자신이 아는 훈련법이나 테크닉 등에 대해서는 아낌없이 다른 선수들에게 베푸는 서문엽이었다. 다른 사람은 못할 거라고 했으니 사실일 듯했다.

"어쨌든 지난 중국전을 분석해 본 결과, 확실히 속도를 더 높일 수 있다면 구단주님의 경기력은 크게 향상될 거라고 예상됩니다. 내년에 아시아 챔스, 나아가 월드 챔스에 출전한다면 거기서 만나는 강팀들도 결국 구단주님을 집중적으로 노릴 테니까요."

"내가 대표 팀에서는 그렇게 고생했지만, 우리 YSM은 내 원맨팀으로 만들지 않을 거야."

"높은 성장세를 보이는 선수들이 여럿 있으니 걱정하실 필요 없습니다. 개리 윌리엄스와 파울 콜린스도 합류하니 해볼 만합니다."

YSM의 선수들은 쑥쑥 자라고 있었다.

사니야는 이미 KB-1 리그 MVP와 최다 킬 기록을 예약해 놓은 상태다. 사기 유닛이라 불리며 곧 빅 리그로 갈 것 같다고 팬들이 말하고 있었다.

실제로 빅 리그의 수많은 클럽에서 꾸준히 문의가 들어오는 YSM의 에이스였다. 다행히 월드 챔스 도전을 위해 YSM에 남을 거라고 의사를 밝혀 팬들을 기쁘게 했다.

잘 키운 덕분에 그녀의 아버지 티무르로부터 고맙다는 전화를 자주 받는 서문엽이었다.

남궁지훈도 인기가 상승 중이다.

부족한 피지컬을 '보호막'으로 메우고 일취월장한 검술로 상대 선수들을 베어 넘기는 플레이는 점점 유려해졌다.

적을 처치하는 무기가 오직 검술뿐이었기 때문에, 검술에 로망이 있는 배틀필드 남성 팬들에게 사랑받고 있었다.

서로 부족한 부분을 상호 보완하라고 짝 지어준 최정민과 박영민도 활약이 두드러졌다.

피지컬은 이미 한계가 왔지만, 높은 기술과 '관찰'로 활약하는 최정민은 기술이 부족하지만 피지컬 재능이 뛰어난 박영민을 잘 이끌어주었다.

두 선수는 재치 있는 플레이로 서로를 잘 이용하고 적을 곧잘 분쇄시켜서 눈을 즐겁게 했다.

그렇듯 근접 딜러 4인이 뛰어난 활약을 하며 킬을 많이 내니, 당연히 YSM의 경기 스타일도 공격적일 수밖에 없었다.

덕분에 티켓이 엄청 잘 팔렸다.

내년의 월드 챔스를 바라보고 서문엽이 집중적으로 지도해준 결과가 나타나고 있는 것이었다.

서문엽은 훈련을 마치고 다른 선수들을 훑어봤다.

역시나 다들 잘하고 있었다. 대표 팀 소집에 다녀온 선수들도 불만 없이 정규 훈련에 합류해서 열심히 호흡을 맞추고 있다.

그러다가 문득 눈에 띄는 선수가 있었다.

—대상: 김진수(인간)

—근력 72/80

—민첩성 75/81

—속도 66/75

—지구력 85/88

—정신력 84/91

—기술 76/76

—오러 69/69

—리더십 43/52

—전술 56/56

—초능력: 희생, 재생

'많이 늘긴 했는데…….'

통영에서 데려온 서브 탱커 김진수였다.

190㎝의 큰 키와 달리 마른 체격이 김진수의 단점을 알려주고 있었다.

근력이 약했다.

처음 봤을 때의 66에서 72로 껑충 뛰었지만 여전히 탱커에게 어울리는 수치가 아니었다. 한계치인 80까지 다 채워도 간신히 커트라인이다.

민첩성은 65에서 75로 급상승.

속도는 61에서 66.

다만 지구력이 70에서 85로 큰 폭으로 늘었다. 이것이 김진수의 성격과 플레이 스타일을 말해준다.

부족한 만큼 더 열심히 뛴 것이다.

서문엽을 제외하면 팀 내에서 지구력이 가장 높은 김진수는 여기저기 바쁘게 다니며 아군을 보호하려고 노력했다.

YSM은 리그 내 최다 킬과 더불어 최저 데스까지 기록하고 있는데, 이 최저 데스에 김진수가 기여한 게 적다고 할 수 없었다.

딜러들에게 탱커는 피난처 같은 존재인데, 열심히 돌아다니는 김진수가 있어서 편한 것이다.

'한계는 뚜렷하지만 역시 초능력이 너무 좋아.'

서문엽이 김진수를 고른 주된 이유는 바로 초능력 '희생'과 '재생' 때문이었다.

김진수가 있으면 여벌의 목숨이 있는 것이나 다름없는 것이다.

재생으로 스스로 치유되니 잘하면 여벌의 목숨이 2번, 3번 생기는 효과도 나타난다.

'좋아, 이번에는 이 녀석을 좀 교육시키자.'

서문엽의 집중 교육 대상이 정해졌다.

훈련을 마치고 김진수를 따로 불러낸 서문엽은 일단 상담을 했다.

"너 단점이 뭐 같아?"

"힘이 약합니다."

김진수가 바로 대답했다.

"그건 당연한 거고, 다른 거."

"공격이 안 됩니다."

"그래. 넌 방패는 잘 다루는데 무기를 잘 못 다뤄."

"열심히 노력하고 있습니다!"

"아냐, 노력하지 마."

"네?"

"그게 한계야. 넌 그냥 수비만 한다고 생각해."

김진수의 기술은 76.

그런데 기술 76치고는 뛰어난 방패 컨트롤을 보이는데, 반대로 기술 76치고는 형편없는 창술 솜씨를 보여주고 있었다.

즉, 방패와 창술의 평균이 76인 셈이었다.

"그냥 무기는 장식이라고 생각해. 공격 신경 쓰면 네가 해야 하는 역할도 못 하게 돼. 넌 공격을 하지 않아도 충분히 가치가 있는 선수다. 알간?"

"예."

"이 말을 해주고 싶었어. 넌 공격 필요 없어. 네 노력은 피지컬을 보완하는 데 올인할 거야."

"알겠습니다."

"좋아, 그럼 오늘부터 넌 나와 함께 피지컬 트레이닝을 함께 받는다."

"네!"

다른 건 가르칠 게 없는 김진수였다. 가르쳐 봐야 더 늘지 않는 게 분석안으로 보이니까.

그래서 서문엽은 김진수를 데리고 다니며 노력을 헛된 곳에 낭비하지 않게 할 참이었다. 가만 놔두면 저 성실한 성격에 자신의 단점을 극복하려고 피땀 흘릴 게 뻔했으니까.

*　　　*　　　*

그날부터 서문엽은 김진수를 데리고 다니며 피지컬 트레이닝에 전념했다.

어차피 서문엽은 속도를 올리는 데 전념하고 있었는데, 김진수 또한 속도가 66/75밖에 되지 않아 향상이 필요했다.

지구력 좋고 부지런히 뛰어다니는 건 좋은데, 이왕이면 발도 좀 빨라야 김진수의 장점이 극대화될 수 있다고 보았다.

"서브 탱커는 잘하면 가장 바쁜 사람이 되고 못하면 이도 저도 아닌 겉절이 같은 놈이 된다. 넌 어느 쪽을 택할래?"

"가장 바쁜 선수가 되겠습니다."

"옳지. 같이 죽어라 뛰어보자."

"네!"

김진수는 정말 열심히 했다.

기진맥진해도 더 뛸 수 있다며 다시 일어나 한 번 더 뛰었다.

지구력 93/94인 서문엽이 더 오래 뛰고 있는 걸 보니 그보다 훨씬 못난 자신이 이렇게 쉬고 있을 수 없다는 것이었다.

"구단주님께 선택받지 못했으면 KB7 2부 리그에서 선수 생활을 하고 있었을 겁니다. 은혜에 보답하려면 열심히 해야죠!"

"그래, 열심히 뛰면 월드 챔스에서도 활약할 수 있을 거야."

"정말입니까?"

김진수가 화들짝 놀랐다. 그건 생각도 못 했다는 표정이었다.

"베를린 블리츠 유소년에서 파울 콜린스 오지 않습니까?"

"그렇지. 그래서 최혁도 걔 오면 최전방 탱커 자리 내줘야 해. 근데 넌 다른 탱커들과 차별화된 요소가 있잖아."

"희생이요?"

"그래. 팀 내 핵심 선수에게 여벌의 목숨을 더 주는 셈이라고. 거기다가 경기당 활동 거리가 가장 긴 게 너야. 기여도가 생각보다 훨씬 높다는 뜻이다."

"제가 월드 챔스에서 뛸 수 있다니!"

"그러려면 수준 이하인 피지컬부터 올려야겠지? 자꾸 재능도 없는 창술 붙잡고 있지 말고."

서문엽은 직설적이었다.

"네! 창술은 그만하고 열심히 뛰기나 하겠습니다!"

"좋은 마음가짐이야. 넌 정말 안 되니까 창술은 관둬."

"…네."

집요한 확인 사살에 김진수의 멘탈이 살짝 흔들렸다.

두 사람은 다 같이 하는 전술 훈련 외에는 오직 달리기만 했다.

"저 봐, 또 극단적인 훈련이 시작됐어. 달리기만 하고 있잖아."

트랙을 달리고 있는 두 사람을 보며 조승호가 말했다.

그의 영혼의 콤비인 이나연도 고개를 끄덕였다.

"뭔가 좀 무식한데 다 효과가 직방이었다니까."

"그건 그렇지."

서문엽이 건드려서 성장하지 않은 선수가 없었다. 그래서 이것만 해라, 저것만 해라, 넌 이거 재능 없으니 하지 마라, 이렇게 극단적으로 밀어붙여도 선수들이 불만이 없었다.

한 달 안에 성과를 볼 것을 목표로 하고 빡세게 훈련했으므로, 매일 단내가 날 정도로 뛰고 지치기를 반복했다. 그러다 보니 속도는 물론이고 지구력까지 올랐다.

정신력 110은 훈련의 효율을 크게 높여주었다.

훈련 때는 집중할 때도 있고 그냥 습관적으로 반복할 때도 있는데, 서문엽은 훈련 내내 한 번도 정신이 흐트러지지 않고 자신의 몸 감각에 집중력을 쏟은 것이다.

그렇다 보니 1개월의 훈련은 서문엽에게 족히 반년보다 더 긴 훈련과 같은 효과를 냈다.

본래부터도 뛰어난 정신력을 갖고 있던 서문엽이지만, 110이 되고 나서 효과를 보자 놀라움을 금치 못했다.

'이야, 이래서 내가 쭉쭉 강해졌구나.'

무기 영체화도 빠르게 해냈고, 인간의 레벨을 넘어선 오러 컨트롤도 일찍 깨달음을 얻었다. 생각해 보니 정신력 110의 효과였다.

그러한 정신력은 한계를 무한히 늘려주는 '영혼 연성'과 합쳐지니 효과가 무시무시했다.

—대상: 서문엽(인간)

—근력 88/89

—민첩성 98/99

—속도 87/88

—지구력 94/95

—정신력 110/111

—기술 104/105

—오러 105/106

—초능력: 분석안, 던지기, 불사, 증폭, 영혼 연성

—영혼 연성: 육신이 한계를 넘어도 깨지지 않는다. 극한에 도달한 능력치가 1씩 한계가 늘어난다.

지구력이 1 올랐다.

속도는 무려 7 올랐다.

서문엽의 성장세에 육상 코치도 놀라고 선수 데이터를 관리하는 가브리엘 감독도 놀랐다. 서문엽에게 아직도 이토록 성장할 여지가 남아 있었다는 것이 충격적인 것이다.

함께 훈련하는 김진수도 올랐다.

속도는 66/75에서 72/75로 6 상승.

덤으로 지구력도 85/88에서 87/88로 2 올랐다.

지구력과 정신력이 매우 높은 서문엽과 페이스를 맞추다 보니 그야말로 이 악물고 쫓아온 덕이었다.

그 영향인지 정신력도 84/91에서 86/91로 2 올랐다.

그로서 김진수 훈련 결과 피지컬은 다음과 같았다.

—근력 72/80

—민첩성 75/81

—속도 72/75

—지구력 87/88

이 정도면 KB—1 리그에서는 서브 탱커로 모자람 없는 수치였다.

한계까지 전부 채우면 국가 대표 팀의 서브 탱커로도 쓸 수 있었다.

희생 같은 유니크한 초능력도 있으니 대표 팀에 뽑을 만했다.

그렇게 속도가 크게 향상된 김진수는 경기에서 점점 많은 슈퍼 세이브를 기록하기 시작했다. 즉, 동료를 위기에서 구하는 일이 많아졌다는 뜻.

역시 서문엽이 손대면 터진다는 게 또 한 번 입증된 사례였다.

*　　*　　*

서문엽의 향상된 기량은 되돌아온 일본전에서 폭발했다.

이번 경기에서도 견제 플레이 역할을 맡은 서문엽은 일본 진영을 누비며 치고 빠지기를 반복했다.

끝없는 괴롭힘에 일본이 준비한 운영은 철저히 망가졌다.

몇 차례 서문엽을 잡기 위한 함정을 설계했지만, 그때마다 전보다 훨씬 빨라진 달리기 속도로 도망가 버렸다.

—서문엽 선수 정말 빠릅니다!

—웬만한 딜러도 명함 못 내밀 스피드입니다. 서문엽 선수

가 저렇게 빨랐던가요?

서문엽의 엄청난 스피드에 모두가 깜짝 놀랐다. 서문엽의 약점 중 하나였던 속도가 완전히 보완된 모습이었다.

그런 서문엽의 기세에 힘입어 한국 대표 팀은 다시 만난 중국을 2—1로 또 한 번 이겼다.

작심한 중국이 기존의 스타일을 버리고 한 타 싸움을 준비해 1세트를 가져갔지만, 2, 3세트는 서문엽의 독보적인 전천후 견제 플레이로 중국을 억누르는 데 성공했다.

해외에서도 달라진 서문엽의 기량에 주목했다.

〈서문엽, 내년 월드컵 MVP 강력 후보로 떠올라〉

〈달라진 서문엽, 더 세고 빨라졌다〉

〈아직도 성장하는 서문엽, 기존의 톱3 체계 흔들〉

〈한국, 아시아 강호 중국 완파〉

〈서문엽과 피에트로 아넬라의 합류로 강해진 한국, 더 이상 약체 아니다〉

지역 1위로 월드컵 진출을 확정 지은 한국은 축제 분위기가 되었다.

월드컵에서 1승도 못 해본 한국이었지만, 서문엽의 엄청난 활약에 매료되어서 벌써부터 우승을 거론하는 목소리도 있었다.

한편, YSM은 리그 우승을 차지했다.

최다 킬과 최우수선수는 사니야 아흐메토바에게 돌아갔다.

서문엽과 피에트로는 그다지 많이 출전하지 않았고, 사니야는 이미 수많은 명문 클럽에서 탐낼 정도로 기량이 만개했기 때문에 KB—1 리그를 씹어 먹다시피 했다.

그런데 YSM의 경사는 거기서 끝나지 않았다.

"조승호에 대한 이적 문의가 끊이질 않습니다."

가브리엘 감독이 다소 어이없는 표정으로 토로했다.

그것은 사실이었다.

프랑스, 독일, 미국 같은 빅 리그에서도 중하위권의 클럽들이 조승호에 대해 문의를 하고 있었다.

그 아래의 유럽 리그에서도 마찬가지였다.

특이한 초능력을 가진 선수를 좋아하는 아랍권에서는 아예 너희가 돈 욕심이 얼마나 없는지 보자는 식으로 계속 말도 안 되는 가격을 제안하고 있었다.

아랍권으로 이적해서 맹활약 중인 윤범도 안부 전화를 하면서 넌지시 조승호에 대해 물어볼 정도였다.

하지만 조승호는 중요한 자원이었으므로 당연히 안 판다고 못 박았다.

그럼에도 문의는 끊이지 않았다.

대체 왜 전투 능력이 거의 없는 조승호가 이토록 인기 있게 되었을까?

이유는 간단했다.

조승호가 한국 대 중국 월드컵 지역 예선 경기 3세트에서 대형 사고를 쳤기 때문이었다.

—조, 조승호 선수가 보이지 않습니다!

—분명히 저기에 있었는데요? 데스당했다는 알림도 없었는데…….

열심히 경기를 중계하던 해설진이 조승호 때문에 당황해 버렸다.

조승호가 사라져 버린 것이었다.

—투명화: 움직이지 않고, 소리 내지 않고, 다른 생명체와 접촉하지 않을 시 투명해진다.

그랬다.

매번 경기마다 상대 선수의 눈을 피해, 그리고 괴물들의 눈을 피해 숨어 있었던 조승호는 새로운 초능력을 각성했다.

그동안 수없이 반복해 왔던 딱 그 능력을 말이다.

갑자기 투명해지는 바람에 아무도 조승호를 볼 수 없었다.

조승호는 본인도 투명해진 줄을 몰랐다. 그저 중요한 위치에서 적을 살피고 시야를 서문엽에게 전달해 줄 뿐이었다.

나중에야 조승호가 투명화 초능력을 각성했다는 게 알려졌다.

경기 도중에 초능력을 각성한 것은 배틀필드 역사상 3번 있었는데, 조승호로 인해 4번으로 갱신됐다.

한국이나 중국이나 나름 해외에서도 주목하는 대결이었으므로 조승호는 화제가 되었다.

물체 전달, 시야 전달, 오러 전달, 투명화.

무려 4가지 초능력을 가진 유니크한 서포터라는 사실이 알려지면서 관심을 드러내는 클럽들이 많아졌다.

아무리 전투 능력이 없어도 초능력을 4개씩이나 가지고 있으면 한 번 새로운 옵션으로 써먹어보고 싶음 직했던 것이다.

결국 서문엽은 조승호와 면담을 가졌다.

"너 내가 발굴한 거 알지?"

"네

"나한테 은혜 입었네?"

"네."

"그리고 우리 팀 내년 월드 챔스가 목표인 거 알지?"

"네."

"단도직입적으로 말한다. 너 혹시 미국이나 유럽 가고 싶냐?"

"딱히요. 근데 연봉 올려주세요."

조승호는 똑 부러지게 연봉 인상을 요구했다.

"그, 그래. 그래야지."

서문엽은 그것만은 인정했다.

어차피 우승을 했기 때문에 다른 클럽에서 선수들을 많이 노리고 있었다. 대부분 서문엽이 분석안으로 골라서 키운 선수들이라 붙잡아야 했다.

다행히 YSM은 자금 사정이 매우 좋았다.

티켓 판매 수익이 KB—1 리그 내에서 최고였고, 인기 있는 선수들도 많아서 관련 상품도 잘 팔렸다. 거기다 서문엽이 모로 공방에서 방패를 받으며 새로이 한 스폰서십 계약금도 있었고, 무엇보다 세금 면제였다.

서문엽이 그렇게 성공을 거두고 있는 동안, 유럽에서는 월드 챔피언스 리그 결승전이 벌어졌다.

결승전은 아니나 다를까, 이번에도 파리 뤼미에르 BC와 베를린 블리츠의 승부였다.

작년을 포함하여 총 4번의 월드 챔스 우승을 달성했던 베를린 블리츠는 자신들이 세계 최고의 클럽임을 입증하고자 했다.

한편 파리 뤼미에르 BC는 수년 전부터 역대 최강의 전력이라는 평가를 받아왔으나, 결승전에서 베를린 블리츠에게 패해 우승컵을 놓치는 일을 여러 번 겪었다.

유럽 챔스에서는 이겼는데, 정작 월드 챔스에서 준우승에

그치는 참사를 여러 차례 겪은 것이다.

올해도 그런 징크스가 발동될까 봐 조마조마한 파리의 팬들이었다.

이 경기에서 백하연은 베를린의 에이스, 다니엘 만츠를 마크하는 역할을 맡았다.

빠른 발과 민첩함으로 적진 사이를 누비며 적을 밀치거나 당기는 초능력을 구사하는 다니엘 만츠. 그런 그를 백하연이 순간 이동과 채찍, 그리고 역시나 빠른 발로 쫓아다녔다.

이를 예상한 엠레 카사 감독은 보조 탱커 하나를 다니엘 만츠에게 붙여 경호시키는 이색 전략을 펼쳤다.

결국 1세트는 베를린 블리츠의 승리.

그러자 파리의 고핀 감독은 2세트에서 아예 나단 베르나호가 다니엘 만츠를 마크하게 하는 초강수를 두었다.

그 전략은 주효했다.

나단 베르나호는 분신술까지 펼쳐서 다니엘 만츠를 집중적으로 노렸다. 다니엘 만츠는 데스당하지 않기 위해 노력하는 데만 전력을 쏟아야 했다.

다니엘 만츠가 나단과 일대일 대결을 펼치느라 바쁘니, 베를린 블리츠의 공격은 제대로 펼쳐지지 않았다.

슈란이 소멸 광선을 쐈지만, 파리의 탱커들이 로테이션으로 막아내었다. 아무리 슈란이 강해도 월드 클래스 탱커들이 번갈아가며 막는데 뚫기는 힘들었다.

파리 뤼미에르 BC는 계속 이색적인 전술적 움직임을 펼쳐 정석을 고집하는 베를린 블리츠를 2세트, 3세트 연속으로 격파했다.

경직된 플레이를 풀어주는 다니엘 만츠가 나단을 상대하기 바쁘니 단점이 그대로 드러나 버린 것이다.

엠레 카사 감독은 서문엽의 지적을 인정하고, 내년을 기약할 수밖에 없다고 생각했다. 모두가 베를린 블리츠의 패배를 직감했다.

그런데 4세트.

나단 베르나흐가 오직 자신만을 쫓아다니는 부담감 속에서, 다니엘 만츠가 초인적인 경기력을 펼쳤다.

분신술로 둘이 된 나단을 뒤에 달고 다니면서 파리 뤼미에르 BC의 적진을 헤집고 다녔던 것이다. 극적인 4세트 승리에 경기는 달아올랐다.

5세트는 그야말로 양 팀이 모든 걸 총동원한 대격돌이었다. 다시 희망을 찾은 엠레 카사 감독도 평소에는 하지 않았던 갖가지 변칙 전술을 구사하며 파리 뤼미에르 BC를 당황시켰다.

그 과정에서 세계 신기록이 수립됐다. 다니엘 만츠가 한 경기 34어시라는 미친 기록을 세운 것이다.

그러나 끝내 우승컵은 파리 뤼미에르 BC의 차지가 되었다. 베를린 블리츠는 극복하지 못한 약점이 뚜렷했고, 파리의 스타 군단은 무적이었다.

위안거리가 있다면, 다니엘 만츠가 올해의 선수상을 차지한 것.

신기록을 세운 것이 컸다. 작년에 팀이 우승했음에도 나단에게 올해의 선수상을 빼앗겼던 것을 똑같이 되갚아준 셈이었다.

그리고 이러한 명경기를 한국에서 중계로 본 서문엽은 강한 흥분을 느꼈다.

'내년엔 우리도 저런 곳에 간단 말이지!'

그렇게 2023년이 끝났다.

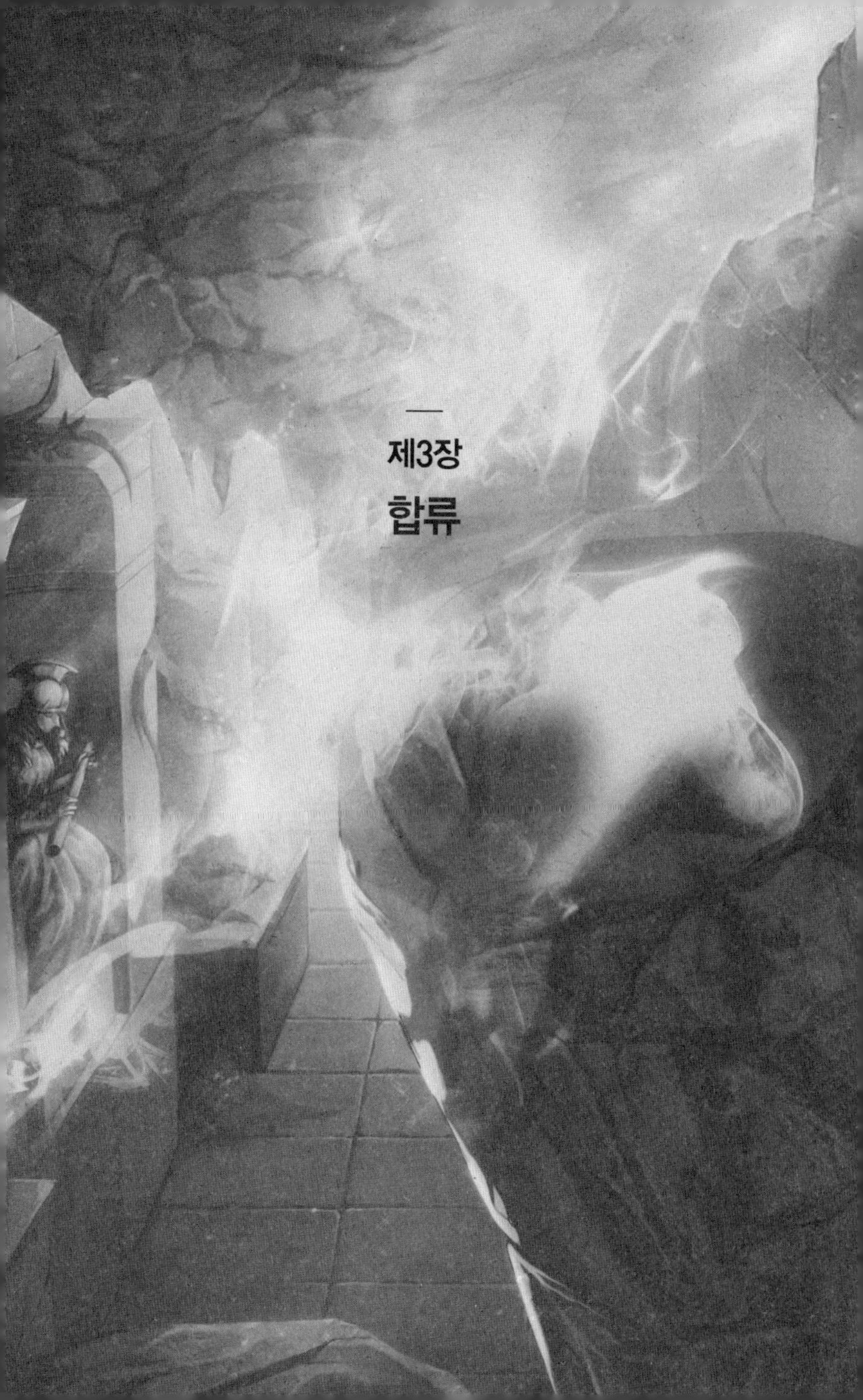

제3장

합류

10대 후반의 어린 흑인 선수가 열심히 벤치 프레스를 했다.

초인이 아닌 일반인은 압사당할 듯한 엄청난 무게의 바벨을 쑥쑥 들어 올리는 이 어린 선수의 이름은 파울 콜린스.

이만큼 프로 이전에 주목받은 선수도 드물었다.

어릴 때는 미식축구 유망주로 이름을 떨치다가 초인으로 각성하고서는 배틀필드계의 유망주로 이름을 떨쳤다.

미국의 양대 산맥인 뉴욕 베어스, LA 워리어스로부터 모두 스카우트 제의를 받았지만, 파울 콜린스는 미국에서 절대적 인지도를 받는 두 팀을 거절하고 독일의 베를린 블리츠 BC를 택했다.

새롭게 떠오르는 베를린 블리츠 BC가 더 유망하다고 봤기 때문이다.

자국에 대한 자부심이 상당한 미국의 배틀필드 팬들은 이해할 수 없다는 반응이었지만, 그 뒤로 미국 팀들이 월드 챔스에서 베를린 블리츠만 만나면 맥없이 두들겨 맞는 것을 보면 그의 안목이 옳았다고 봐야 했다.

하지만 파울 콜린스는 자기 자신을 잘 몰랐다.

힘과 맷집으로 선두에서 적의 공격을 감당하는 클래식 탱커가 점차 저물고, 세계 트렌드는 기동력과 공격력 등 탱커에게 더 많은 역할을 요구했다.

예를 들면 탱커이면서 딜러들보다 훨씬 달리기가 빠른 치치 루카스.

혹은 근거리에서 근접 딜러보다, 원거리에서 원거리 딜러보다 킬을 잘 내는 서문엽.

그렇듯 다양한 역할을 소화해 내면서 유동적인 전술 변화를 이끄는 탱커들이 대세를 이룬 것이다.

그러나 파울 콜린스는 영락없는 클래식 탱커였다.

클래식 탱커의 천국인 미국 출신답게 타고난 재능이 근력과 초능력 '강철 육체'였다.

때문에 당연시되었던 베를린 블리츠 1군행이 막히고 리저브 팀에 머무는 신세가 되었다.

그렇다면 클래식 탱커가 필요한 다른 팀을 찾아보면 되었을 테지만, 파울 콜린스는 고집스럽게 자신의 플레이 스타일을 바꾸려고 시도했다.

물론 그 시도는 실패했고, 리저브에 머무는 기간이 늘어났다. 자신감도 점점 줄어들었다.

그랬던 파울 콜린스가 다시 마음을 잡게 된 계기는 불과 수개월 전이었다.

"세상에 영원히 변치 않은 진리가 하나 있는데 뭔지 알아? 누군가는 맨 앞에서 맞아줘야 해. 바로 네가 해야 하는 역할이야. 넌 처맞으려고 태어난 놈이야."

욕인지 칭찬인지 알 수 없는 이 말은 서문엽의 충고였다.

한눈에 자신의 속마음을 꿰뚫어본 서문엽은 단호하고 직설적으로 파울 콜린스의 혼란스러웠던 마음을 바로잡아 주었다.

'그래, 누군가는 방패를 들고 맨 앞에서 버텨야 해.'

단순 명쾌한 그 진리에 깨우침을 얻은 파울 콜린스는 서문엽을 믿고 1년간의 한국행을 택했다.

아무리 그래도 세계적인 유망주가 배틀필드의 변방 한국으로 간다니 에이전트사에서 우려를 표했지만, 파울 콜린스는 단호히 결정을 내렸다.

'서문엽을 믿어보겠다.'

더불어 YSM은 내년 월드 그피언스 리그 진출이 유력한 클럽이었다. 월드 챔스 무대에서의 경험이 자신을 성장시켜 줄 것이라고 기대해 보는 파울 콜린스였다.

그런 파울 콜린스의 결정은 존중받지만은 않았다.

"어이, 내년에 한국에 간다며? 너한테 딱 어울리는 리그네?"

베를린 블리츠 리저브 팀의 동갑내기 동료인 앤디 니콜이 벤치 프레스 중이던 파울 콜린스에게 시비를 걸었다.

"나에 대한 네 관심은 너무 일방적이군. 난 네가 안중에도 없는데."

파울 콜린스는 바벨을 내려놓으며 가볍게 대꾸했다.

앤디 니콜은 비틀린 미소를 지었다.

"한국 리그 선수답지 않게 말투가 거만한데? 한국 가기 전에 고쳐야겠어. 아시아는 예의를 중시하거든."

앤디 니콜은 역시나 베를린 블리츠가 미래를 바라보며 키웠던 유망주였다.

키웠던.

그러니까 지금은 아니라는 뜻이었다. 베를린 블리츠에서 뛸 만한 재목이 아니라는 결론이 도출되어 리저브 팀에서 벗어나지 못하고 있었다. 현재 독일 제1리그의 하위권 클럽들과 접촉 중이라고 들었다.

앤디 니콜은 옛날부터 자신보다 압도적인 주목을 받던 파울 콜린스를 상당히 의식했다. 금방이라도 데뷔해 스타가 될 것 같았던 파울 콜린스가 부진을 겪자 슬슬 시비를 걸기 시작했다.

파울 콜린스로서는 안중에도 없었던 녀석이 뜬금없이 시비를 걸기 시작하니 질투심에 찬 추한 속내가 뻔히 보여 불쾌했다.

파울 콜린스가 말했다.

"루저였다가 초인이 되면 종종 너처럼 주제를 모르고 까불더라."

"뭣?"

앤디 니콜이 발끈했다.

"그리고 그런 놈 특징이, 결정적인 순간에 루저였던 본성이 나타나지. 예를 들면 근접 딜러면서 가까이 못 붙고 떨어져서 싸우는 식으로 말이야. 그래놓고 원거리도 소화하는 멀티 포지션이라고 하지."

"이 개자식이!"

앤디 니콜이 고함을 질렀다.

"어이, 그만해."

"둘 다 관둬."

트레이닝 룸에 함께 있던 동료 선수들이 끼어들어 말렸다.

파울 콜린스는 코웃음을 치고는 다시 벤치 프레스를 했다.

앤디 니콜은 동료 선수들에 의하여 바깥으로 끌어내어졌다.

자기가 시비 걸어놓고는 쉽사리 화를 터뜨리는 모습은 멘탈이 맛이 갔다는 증거였다. 상대할 가치도 없었다.

그러나 알게 모르게 파울 콜린스를 조롱하는 사람은 한둘이 아니었다. 그를 질투하던 또래의 유소년 선수들도 뒤에서 험담을 하곤 했다.

주목받던 유망주의 추락이라며 수군거렸다. 신경 쓰지 않으려고 했지만 본인도 도박과 같은 결정이라는 것을 알기 때문에 불안한 마음이 드는 것은 어쩔 수가 없었다.

'서문엽 한 사람만 믿고 한국에 가는 게 옳은 결정일까?'

'오히려 수준 낮은 한국 리그에서 기량이 퇴보되는 것은 아닐까?'

'서문엽과 피에트로 아넬라 외에는 좋은 선수가 없는 팀이야. 월드 챔스에 진출한다 해도 한 경기만 치르고 맥없이 탈락해 버린다면…….'

'월드 챔스 무대를 밟을 수 있다 해도 서문엽, 피에트로 외에는 별거 아니었다는 평가로 끝난다면 의미가 없잖아? 오히려 내 커리어에 한국 리그에서 뛴 이력이 추가되어서 가치가 하락할 뿐인 건 아닐까?'

파울 콜린스도 아직 어린 선수였다.

초인이 아닌 부모님은 배틀필드에 대하여 어떤 조언도 해주지 못했다. 에이전트도 한국행을 멋대로 결정한 파울 콜린스의 태도에 질렸는지 사이가 안 좋았다.

코치들마저 클래식 탱커를 거부하고 독단으로 개인 훈련을 했던 때 신뢰 관계를 잃었다.

정신적으로 의지할 데가 없는 파울 콜린스는 자꾸만 자신의 장래에 대해 불안을 느꼈다.

그런데 그러던 중 어느 날이었다.

한국 대 중국의 월드컵 지역 예선 경기가 중계되었다.

같은 팀 1군에서 활약하는 슈란의 첫 A매치 데뷔였기 때문에 베를린 블리츠에서도 관심이 뜨거운 경기였다.

무엇보다도 서문엽은 출전하는 경기가 많지 않아서 배틀필드 경기장에 나타날 때마다 전 세계의 주목을 끌었다.

"한국은 서문엽과 피에트로 외에는 별거 없는 팀이잖아?"

"나는 피에트로 아넬라라는 저 이탈리아인의 정신 상태가 궁금해. 왜 이탈리아 대표 팀에 합류하지 않고 한국에 귀화한 거야?"

"나이 많아서 거절당했나?"

"설마. 저런 미친 초능력을 가졌는데 이탈리아 대표 팀 감독이 미쳤다고?"

리저브 팀 동료들이 TV를 보며 잡담을 나눴다.

"중국의 플레이가 궁금한데. 걔네 플레이는 옛날 쿵푸 영화 같다면서?"

"지금도 부업으로 영화 찍는 선수가 꽤 많댔어."

"하하, 정말 황당한 나라야."

다들 가벼운 분위기에서 경기를 보는 가운데, 파울 콜린스만이 마음이 무거웠다.

'서문엽, 피에트로 외에도 YSM 선수들이 몇 명 출전했다. 최소한 월드 챔스에서 망신당하지 않을 기량을 보여줘야 할 텐데.'

그런데 잠시 후, 동료들은 잡담을 멈췄다.

멍하니 경기를 바라볼 뿐이었다.

서문엽이 미친 활약을 펼치며 중국 대표 팀을 초토화시켰기 때문이다.

"힘이 약하다고 안 했어?"

"엄청 세 보이는데?"

서문엽은 다리 위에서 다수의 중국 선수들과 뒤엉켜서 난잡하게 싸웠다. 붙잡아 당기고 넘어뜨리며 놀라운 근력을 발휘했다. 탱커치고 힘이 약하다는 평가가 무색해진 순간이었다.

압권은 2세트.

콰콰콰콰콰!!

"헉!"

"왓 더!"

동료들이 경악해서 소리를 질렀다.

소멸 광선을 맨손으로 막는 장면이었다. 앞으로 서문엽을 소개할 때 계속 등장할 명장면이었다.

“미친! 저걸 어떻게 맨손으로 막아!”

“저게 어떤 건데!”

슈란의 소멸 광선은 소속 팀인 베를린 블리츠가 더 잘 알았다. 슈란이 모든 오러를 소진할 각오로 쏘면 방패로 막아도 끝까지 버티는 탱커가 없었다.

‘세상에!’

파울 콜린스도 기겁했다.

탱커의 신이었다.

소멸 광선에 맞서고도 흔들림 없이 자리를 지키는 방패.

맨손에 오러를 뭉쳐 소멸 광선을 막아내는 오러 컨트롤의 끝!

‘저 사람에게 가르침을 받을 수만 있다면 내 커리어에서 1년쯤은 버려도 돼!’

더구나 피에트로도 자신의 진가를 똑똑히 보여줬고, YSM 소속 선수인 이나연과 조승호도 중국전에서 가치를 증명했다.

이나연은 놀라운 스피드로 적을 교란시키는 능력을 가졌고, 조승호는 갖가지 특이한 초능력을 가진 서포터였다.

유능한 선수들이 있으니 어쩌면 월드 챔스 무대에서도 기대해 볼 만하다고 생각이 들었다.

덕분에 파울 콜린스는 자신의 선택을 더는 의심하지 않게 되었다.

그렇게 시즌이 종료되었고, 파울 콜린스는 YSM에서 1년간의 임대 생활이 시작되었다.

"서문엽은 최고의 탱커다. 그에게 많이 배워오도록."

"네."

파울 콜린스는 떠나기 전에 엠레 카사 감독의 격려를 받았다. 하지만 임대 생활을 성공적으로 마치고 돌아와도, 엠레 카사 감독에게 중용될 일은 없다는 것을 파울 콜린스는 알고 있었다.

'이제 난 내 길을 간다.'

그렇게 한때 꿈을 키웠던 베를린 블리츠 BC를 떠났다.

서문엽으로부터 '휴가 즐길 생각 말고 바로 한국 와'라는 메시지를 받았기 때문에 바로 출발했다.

인천공항에 도착하니, 의외의 인물이 마중 나왔다.

"서문?"

바로 서문엽이었다.

"여, 드디어 왔구나!"

서문엽은 무척 고대했다는 듯이 반갑게 맞이해 주었다. 다른 사람은 보이지 않았다.

서문엽은 파울 콜린스를 한 번 쭉 훑어보더니 말했다.

"그동안 근력을 좀 키웠나 본데? 몸이 많이 좋아졌어."

"예, 근력 트레이닝에 집중했습니다."

"좋아. 생각보다 상태가 더 좋아 보이는군. 피지컬은 어느 정도 올라왔으니 바로 특별 교습을 받아도 되겠어."

"특별 교습?"

"방패 쓰는 법을 마스터하게 해주겠다고 내가 약속했었지? 이 몸은 허언을 안 해."

파울 콜린스가 바리바리 싸온 짐은 택배로 부쳤다.

왜 굳이 짐을 택배로 부쳐야 했는지는 곧 알 수 있었다.

서문엽은 바이크를 타고 온 것이다.

"옜다, 헬멧."

파울 콜린스는 황당함을 느꼈다.

더 놀란 것은 바이크의 성능이었다.

소리도 없이 시동이 켜진 바이크는 서문엽이 한 번 밟으니 순식간에 날아가듯이 쏘아져 나갔다.

"무, 무슨! 이런 속도를 내면……!"

"괜찮아! 난 과속 딱지 안 떼!"

엄청난 속도를 내며 고속도로를 질주하는데도 소리 하나 안 나는 희한한 바이크였다.

"크하하, 좋다! 바이크가 너무 마음에 들게 개조됐어!"

광소를 터뜨리며 더욱 속도를 내는 서문엽.

이런 이상한 인간을 스승으로 삼아서 잘 배울 수 있을 것인지, 파울 콜린스는 불길한 예감이 들었다.

*　　*　　*

올해로 34세의 겨울을 보내게 된 개리 윌리엄스는 심경이 복잡했다.

'한국, YSM. 이곳에 가는 게 옳은 선택이었으면 좋겠군.'

미국 메이저 리그, 프랑스 프르미에 리그, 현재는 영국 프리미어 리그.

자신의 18년 차 선수 생활을 내내 빅 리그에서만 보냈던 개리였다.

그런 그의 다음 리그는 한국의 KB—1 리그.

대부분 그게 어느 나라 리그냐고 물을 법한 배틀필드계의 변방이었다.

이제 34세의 베테랑이지만, 아직 노쇠와는 거리가 먼 나이였다. 개개인마다 다르지만, 보통 34세면 이제 전성기가 끝나는 시기였다.

지금부터는 자기 기량을 얼마나 잘 관리하고 유지하느냐가 중요한 시점. 그런 시점에서 한국행을 택했으니 심경이 복잡하지 않을 수가 없었다.

'심지어 포지션까지 교체라니. 다들 나를 미쳤다고 하겠지.'

지금까지 그는 근접 딜러로 살아왔다.

활도 다룰 줄 알고 던전에서 시력이 5배 증가하는 초능력 '강화된 시력'도 있지만, 그는 근접 딜러를 해야 했다.

또 다른 초능력인 '강화된 육체'까지 더해지면 그는 민첩성과 속도뿐만이 아니라 근력까지 우수해지기 때문에 그 모든 피지컬을 활용할 수 있는 포지션인 근접 딜러를 해야만 했다.

물론 그렇다고 해서 활에 쏟은 노력이 허사인 것은 아니었다.

개인적으로 활을 연구하다 보니 '강화된 시력'을 얻었고, 그 덕에 영국 국가 대표 선수로서 활약할 수 있었다. 그게 없으면 개리는 피지컬은 괜찮지만 그 외에는 메리트가 없는 그저 그런 선수였을 뿐이니까.

'그런데 이제 아예 원거리 딜러로 포지션을 전향한단 말이지.'

그런 생각을 안 해봤겠는가?

지금껏 쭉 고민해 봤던 문제였다. 하지만 활은 한계가 있는 무기고 갈수록 트렌드에서 멀어지고 있었다.

괴물 사냥에는 유리하지만, 대인전은 불리하다. 초인에게 화살을 피하는 일은 어지간해서는 어렵지 않다. 일단 쏜 화살은 일정한 방향으로 날아오므로 쏜 걸 보면 피할 수 있다.

세계 트렌드가 사냥보다는 대인전에 비중을 더 두고 있기 때문에 활을 쓰는 원거리 딜러는 점점 사라지고 있다.

그런데.

"넌 월드 챔스에서 통할 수 있는 정통파 원거리 딜러다. 내년 월드 챔스 무대에서 모든 명문 클럽이 탐낼 선수로 만들어주지."

평생의 소원이었던 월드 그피언스 리그에 나갈 수 있는 기회.

거기에 원거리 딜러로의 성공적인 포지션 전향까지.

서문엽이 확신에 찬 어조로 그렇게 말했다. 터무니없었지만 개리는 어쩐지 그 말이 명쾌하게 느껴졌다. 서문엽이라면 가능할 거라는 믿음. 지저 전쟁에서 인류를 구한 서문엽의 약속이니 말이다.

시즌이 종료되고서 개리는 아내와 함께 한국으로 이주할 준비를 했다. 앞으로 계약상 2년간은 한국에서 살게 될 터였다. 2년간 홀로 지낼 각오도 했는데, 아내가 한국으로 함께 가기로 해서 다행이었다.

그렇게 이주할 준비를 하고 있는데 문득 서문엽으로부터 연락이 왔다.

—파리에 있는 모로 공방 알지?

"물론 알지요."

—거기에 네 무기를 주문해 놨으니까 한 번 가봐.

"제 무기를?"

—어.

개리는 여러모로 황당함을 느꼈다. 무기를 제작하는데 당사자의 의견도 없다니?

서문엽의 제멋대로인 성격은 알고 있었지만, 그래도 특별한 이유가 있을 거라는 생각이 들었다.

개리는 바로 파리로 갔다.

모로 공방에 미리 연락하고 도착하자 공방의 나이 든 장인 한 명이 맞이해 주었다.

"어서 오십시오."

나이 든 장인은 키가 작지만 근육질의 다부진 체구를 하고 있었다. 초인이라는 것이 느껴졌는데, 그럼에도 나이 든 외모를 보면 상당히 오랫동안 병기를 제작한 베테랑인 듯했다.

"제 무기를 제작하신 분입니까?"

"그렇소. 아직 완성은 안 됐소만. 당신이 한 번 테스트해 보고 조정하면 마무리 지을 수 있소."

"사전에 먼저 제 의견을 구하셨더라면 더 쉬웠을 것을요."

"그저 오더대로 따랐을 뿐이오. 자, 따라오시오."

장인은 개리를 안으로 안내했다.

공방의 안쪽에 있는 복도를 따라 쭉 걸으니 각종 병기를 테스트할 수 있는 넓은 방이 나타났다.

그곳에 그를 위해 제작된 활이 있었다.

"헉!"

개리는 화들짝 놀랐다.

굉장히 큰 합금 장궁이었다.

크기가 거의 개리의 키와 비슷했다.

그 큰 활이 다 통짜 합금이니 잘 휘어지지도 않을 터. 시위를 당기기가 몹시 힘들 것은 자명했다.

"이렇게 큰 활이라고?"

"한번 당겨보시오."

"좋습니다."

개리는 합금 장궁을 집어 들어 시위를 힘껏 당겼다.

"끄응!"

힘겹게 시위가 당겨졌다.

끝까지 당긴 뒤 놓으니.

투우웅!!

어마어마한 진동이 합금 장궁 전체에 퍼져 나갔다. 손에 전달되는 떨림이 묵직하기 이를 데 없었다.

'이런 무지막지한 활로 화살을 쏘면 위력이 상당하겠군. 그래도 너무 당기기 힘들어.'

"어떻소?"

장인이 물었다.

"너무 힘이 많이 들어갑니다. 던전에서는 제 근력이 더 강해지긴 하지만, 그래도 지나치다는 느낌이 듭니다."

"그럼 내가 제대로 만든 것 같군. 그건 완성됐으니 그냥 가져가도 좋소."

"뭐라고요?"

개리는 놀라 물었다.

"지나치다는 제 말을 못 들으셨습니까?"

"아슬아슬하게 당신이 쓸 수 없을 정도로 강한 활을 만들어달라는 게 오더였소."

장인의 대답은 개리를 황당하게 만들었다.

"무슨 그런 오더가 다 있습니까? 쓸 수 없게 만들라니……."

하지만 이는 다 이유가 있었다.

—강화된 육체: 던전에서 근력, 민첩성, 속도가 5씩 증가한다. 원거리 딜러로 출전 시 10씩 증가.

바로 개리의 초능력 '강화된 육체'의 비밀!

개리는 강화된 육체의 효과를 +5 수준으로 알고 있지만, 실제로는 원거리 딜러로 포지션 전향을 하면서 +10이 되는 것이다.

서문엽은 개리의 근력이 +10이 되면 간신히 쓸 수 있는 엄청난 위력의 활을 주문한 것이었다.

'확실히 제대로 쓸 수만 있다면 대단한 활이 되겠지만.'

개리는 조정이 끝난 합금 장궁을 받아 들며 심사가 복잡해졌다.

혹시 서문엽이 자신에게 근력 트레이닝을 시켜서 이 활을 당길 수 있도록 할 참인가 싶었다. 하지만 자신의 근력은 지금이 한계다.

서문엽의 제안을 받아들인 것이 실수가 아닌지 의심이 든 것이다.

* * *

한국에 도착 후 강화도에 있는 YSM 클럽하우스로 향하면서, 개리는 차량이 아무것도 없는 한적한 동네에 접어들자 안색이 어두워진 아내 눈치를 봤다. 하지만 아내도 처음부터 각오하고 따라온 터라 차를 다시 공항으로 돌리는 일은 없었다.

'앞으로 1년이다. 내년 한 해에 모든 걸 다 이루고 어서 유럽으로 돌아가자.'

자신 때문에 산골에 오게 된 아내를 위해서라도 필사적인 각오를 하게 된 개리였다.

클럽하우스에서 서문엽을 재회했다.

"왔어?"

"이 활에 대해 설명을 듣고 싶은데요."

개리는 냉큼 합금 장궁에 대해 먼저 물었다.

서문엽은 씨익 웃었다.

"그럼 워밍업도 할 겸 던전에 들어가 볼까?"

"지금 말입니까?"

"그래. 무기도 써보고, 원거리 딜러로서의 현 실력도 체크해 보고."

"뭐, 좋습니다."

개리는 기꺼이 동의했다.

서문엽은 그런 그를 흐뭇하게 바라보았다.

'드디어 개리도 합류했구나.'

분석안으로 개리를 다시 보니 수지맞은 기분을 다시금 느끼는 서문엽이었다.

—대상: 개리 윌리엄스(인간)

—근력 80/80

—민첩성 85/85

—속도 82/82

—지구력 78/78

—정신력 83/95

—기술 79/93

—오러 76/76

—리더십 62/76

—전술 80/86

—초능력: 강화된 육체, 강화된 시력

—강화된 육체: 던전에서 근력, 민첩성, 속도가 5씩 증가한다. 원거리 딜러로 출전 시 10씩 증가.

일단 근력, 민첩성, 속도, 지구력 등 피지컬은 베테랑답게 한계까지 다 단련된 상태.

정신력은 전보다 조금 떨어졌다. 아무래도 생소한 한국에 오게 된 것과 포지션 변경 등의 중대한 결정을 하게 된 데에 따른 부담감이 원인인 듯했다.

기술은 아직 발전의 여지가 많이 남았다. 원거리 딜러로서 훈련을 하면 저 남은 기술 수치를 다 채울 수 있으리라 생각되었다.

무엇보다도 '강화된 육체'가 대박이었다.

원거리 딜러로 출전 시 10 증가한다니, 이게 적용되면 근력, 민첩성, 속도가 무려 90·95·92가 된다. 이는 월드 챔스에 단골 출장하는 빅 클럽의 주전 선수로도 뛸 수 있는 기량이었다.

'기술 93을 다 채우면 우리 팀의 강력한 무기가 된다.'

간약 기간이 2년밖에 없으니, 사실상 1년만 쓰고 팔아야 이 적료를 챙길 수 있는 셈.

계속 YSM에 붙잡고 싶지만 지금으로서는 그럴 가능성이 희박해 보였다. 어느 외국인이 이런 산속에서 오래 살고 싶겠는가?

'빨리 굴려서 키워야지.'

서문엽은 개리를 데리고 훈련실로 갔다. 거기서 가브리엘 감독과 인사를 나누게 했다.

"반갑습니다, 가브리엘 감독. 우승 축하드립니다."

"당연한 우승이라 축하까지는 필요 없습니다, 윌리엄스."

"개리라 불러주십시오."

"그러죠."

소개를 나눈 뒤에 서문엽이 말했다.

"일단 바로 던전에 접속해서 사냥을 해볼 건데 괜찮겠지?"

"예, 그렇다면 던전은 아즈사의 나선 굴로 하십시오."

가장 무난한 던전이었다.

두 사람은 던전에 접속했다.

개리는 시위를 당기기도 참 힘든 이 합금 장궁이 걱정되었다. 이 불편한 무기 때문에 감독에게 안 좋은 모습을 첫인상으로 남기고 싶지 않았다.

"자, 그럼 가자고."

"그러죠."

* * *

접속하자마자 아라크네들이 몰려들었다.

개리는 바로 화살을 꺼내 들고 시위에 걸었다.

그리고 시위를 당겼다.

쑤욱!

묵직한 힘이 들어갔지만, 놀랍게도 수월하게 시위가 당겨졌다.

'어라?'

"어서 쏴봐."

옆에서 서문엽이 권했다.

고개를 끄덕인 개리는 가장 가까이 다가오는 아라크네에게 화살을 발사했다.

쐐애액— 콰직!

화살이 아라크네의 껍질을 가뿐히 뚫고 깊숙이 박혀들었다.

그대로 주저앉아 버린 아라크네.

당기는 데 드는 힘만큼이나 위력도 엄청난 합금 장궁이었다.

놀란 표정을 하고 있는 개리에게 서문엽이 낄낄거렸다.

"거봐, 내 말대로 하니까 괜찮지?"

"내 힘이 이 정도였다니……."

개리는 베테랑인 자신이 한 번도 겪어보지 못한 스스로의 근력에 놀라워했다.

FA로 데려와서 대박을 터뜨리게 된 서문엽은 옆에서 흐뭇해할 뿐이었다.

"자, 쉬지 말고 쏴!"

두 사람은 함께 사냥을 개시했다.

서문엽은 주로 방어를 하며 개리에게 공격을 더 많이 시켰다.

덕분에 개리는 바쁘게 화살을 쏴야 했다.

하지만 사냥을 마치고서는 무척 상쾌한 표정을 하는 개리였다.

“새 활이 무척 마음에 듭니다. 오늘따라 몸도 아주 가볍고요.”

“적성에 딱 맞는 포지션을 찾은 효과지.”

“하하, 그럴지도 모르겠군요.”

그리하여 파울 콜린스에 이어 개리 윌리엄스도 YSM에 합류했다.

현재 YSM의 선수 구성은 다음과 같았다.

탱커: 서문엽, 최혁, 노정환, 김진수, 파울 콜린스.

근접 딜러: 사니야, 남궁지훈, 박영민, 최정민.

원거리 딜러: 개리 윌리엄스, 이나연, 심영수, 피에트로.

서포터: 조승호.

아직 부족하지만 어느 정도 보강이 된 팀 전력이었다.

서문엽과 피에트로 두 사람 외에도 세계 레벨에서 통할 선수들이 생긴 것이다.

거기다가 내년 여름 이적 시장이 되면 선수를 보충할 수 있는 찬스가 또 온다.

내년 여름이면 아시아 챔스 우승을 하고 월드 챔스 티켓을

따놓은 상태이므로, 반년 정도의 단기 임대로 뛰어난 선수를 급히 수혈할 수 있게 되는 것이다.

'이 멤버로 파리나 베를린 같은 팀을 상대로 얼마나 싸울 수 있을지는 모르겠지만.'

선수 개개인이 모두 톱클래스였던 두 클럽의 명승부를 떠올리며 승부욕을 느꼈다. 힘든 도전이라고 생각하니 더 자극받는 서문엽이었다.

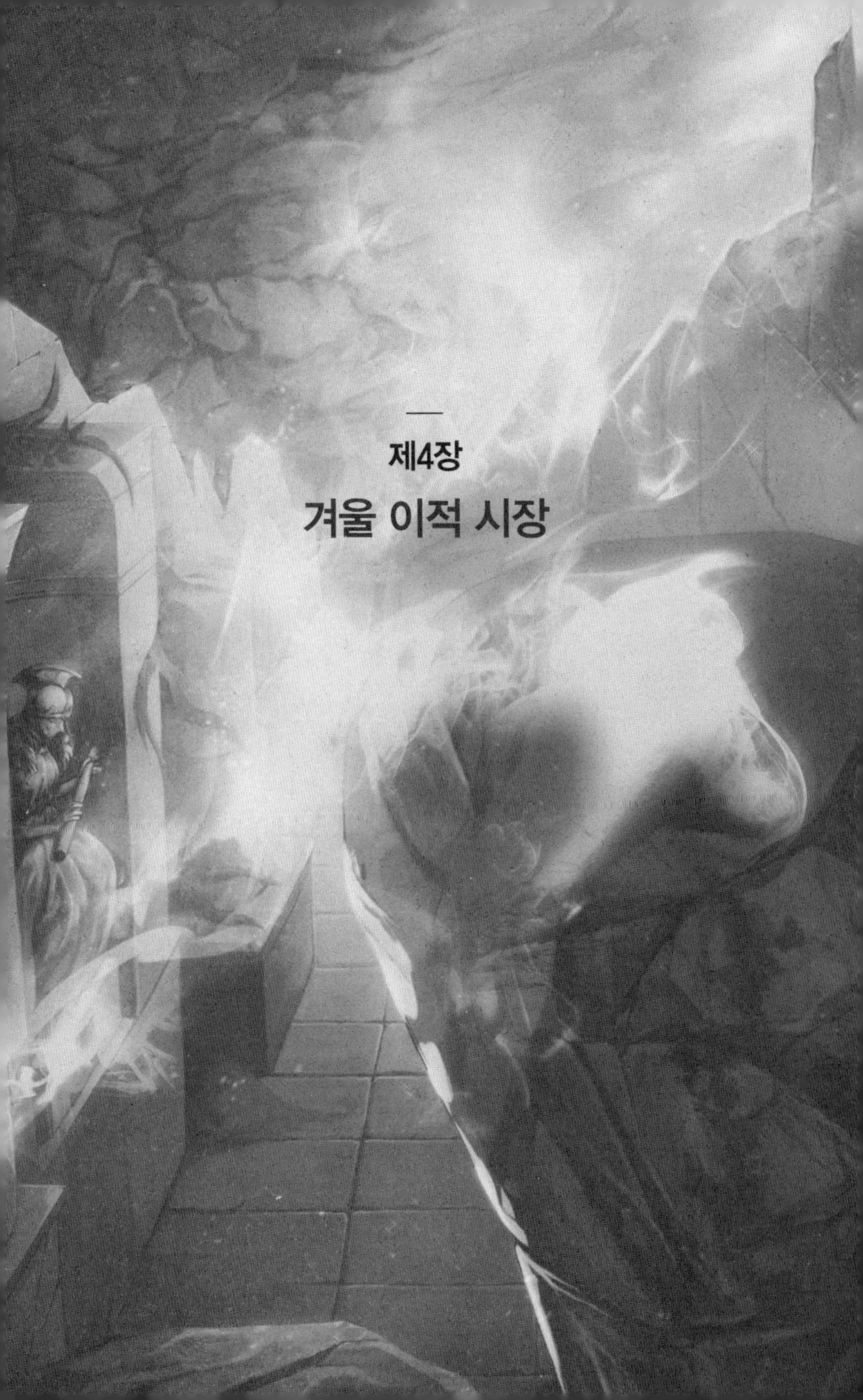

제4장

겨울 이적 시장

파울 콜린스에 이어 개리 윌리엄스까지 합류하자, 마침내 YSM의 새 시즌 구상이 시작되나 싶었다.

하지만 지금은 겨울 이적 시장이 열린 시기.

서문엽의 등장 이후 활황을 맞이한 배틀필드 업계의 활발한 선수 영입 경쟁은 YSM도 피해가지 못했다.

"가고 싶습니다."

서문엽과 일대일로 면담을 나누고 있는 사내는 바로 노정환. 한정실업이었던 시절부터 YSM의 주장으로 있었던 정신적 지주였다.

그러나 이제는 한정실업 시절의 선수는 거의 남아 있지 않았고, 노정환도 더 이상 팀의 핵심이 아니었다.

최전방 탱커로 최혁이 있고, 파울 콜린스도 임대로 왔다. 서브 탱커로는 김진수가 두각을 보인다. 거기에 서문엽까지 있으니, 어찌 보면 노정환의 입지는 나날이 줄어드는 게 당연했다.

그렇다고는 하지만 노정환은 여전히 주장이었고, 아직까지 출전 기회를 걱정할 처지까지는 아니었다.

“대체 왜?”

“너무 오랫동안 한 팀에 있었던 것 같습니다.”

“그게 어때서?”

“물론 나쁜 일이 아닙니다. 고생도 했지만 이 팀에서 행복했고 애착도 있으니까요.”

“근데? 혹시 파울 콜린스 때문에 그래? 걔는 1년 임대야.”

“아닙니다. 주전 경쟁은 필요하면 해야죠.”

“그럼?”

“제 나이도 이제 서른입니다. 며칠 뒤면 서른하나죠.”

서문엽은 그런 노정환을 빤히 쳐다봤다.

“응, 난 49살이야.”

주민등록상으로는 쉰을 앞둔 서문엽! 실제 나이도 며칠 후면 33세였다.

“어디서 황혼기에 접어든 노장 행세냐?”

“아뇨, 기회가 있을 때 더 넓은 세상을 경험해 보고 싶다는 뜻입니다. 아직 서른이라 찬스가 온 거지, 전성기가 지나면 다시는 기회가 없을 것 같습니다."

노정환은 스스로의 기량을 잘 알고 있는 듯했다. 더는 성장할 여력이 없는 자신의 한계 말이다. 쑥쑥 크고 있는 다른 선수들이 YSM에 많기 때문에 더욱 비교됐으리라.

—대상: 노정환(인간)

—근력 87/87

—민첩성 65/65

—속도 69/69

—지구력 85/85

—정신력 83/83

—기술 70/76

—오러 70/70

—리더십 91/91

—전술 72/72

—초능력: 육체 강화

근력을 87까지 다 채웠다.

지구력도 85로 준수한 수준.

근력과 지구력이 87·85면 그럭저럭 클래식 탱커로서 구색은 다 갖췄다.

65·69밖에 안 되는 민첩성과 속도가 아쉽지만, 리더십과

전술적 이해도가 있으니 커버 가능한 단점이다.

현재 노정환은 영국 프리미어 리그의 하위 클럽에서 오퍼가 들어온 상태였다.

영국은 아직 미국과 함께 클래식 탱커가 많이 쓰이는 리그였다.

물론 그들도 트렌드에 맞춰 변하고는 있지만 그건 상위 빅 클럽들의 이야기이고, 리그 잔류도 벅찬 하위 클럽들은 여전히 클래식 탱커를 많이 썼다.

'약체 팀은 힘 좋고 튼튼해서 잘 맞아주는 탱커가 최고니까.'

서문엽이 파울 콜린스를 데려온 것과 같은 이유였다.

노정환은 프리미어 리그에서도 하위 클럽들이 서브 탱커로 쓰기에는 그럭저럭 괜찮은 자원이었다.

문제는 YSM도 월드 챔스를 대비해 노정환이 포함된 전술적 구상을 해왔다는 것이다.

5탱커 체제, 혹은 클래식 3탱커를 두고 서문엽이 딜러로 뛰는 변칙 전술 등.

모든 구상에 노정환이 포함되어 있었다.

YSM도 월드 챔스에 가면 꼼짝없는 약팀이라 일단 튼튼한 탱커가 필요했던 것.

"우리도 네가 필요한데, 정말 가고 싶냐?"

서문엽의 물음에 노정환은 고개를 끄덕였다.

“예. 수석 코치님과도 상담하고 내린 결정입니다.”

한때 감독이었던 최동준 수석 코치도 이적에 대해 긍정적인 답을 해준 모양.

영국 클럽에서 제시한 이적료도 좋았다.

600만 파운드.

우리나라 돈으로 85억 원가량의 큰돈이었다.

아무래도 서문엽 때문에 해외의 주목을 많이 받는 YSM에서 주장으로 있었던 프리미엄이 더해졌다. 거기에 서문엽이 관리한 덕에 단시간에 쭉쭉 성장해 온 모습을 보였으니 기대감도 있었고 말이다.

‘확실히 팔려면 지금이 딱이긴 하네.’

더 이상 성장하지 않는 게 드러나면 가격도 지금보다 훨씬 줄어들 터.

“그래, 알겠다. 감독과 상의해 볼게.”

“예.”

상담이 끝나고 서문엽은 냉큼 가브리엘 감독을 찾아갔다.

당연하지만 가브리엘 감독도 노정환의 이적 문제를 알고 있었다.

“기존의 구상은 버려야겠군요.”

“그렇게 되겠지. 역시 팔지 말까? 그런데 피차 지금이 가장 좋은 이적 타이밍이긴 해.”

YSM은 최대의 이적료를 받을 수 있고, 노정환은 빅 리그 진출의 마지막 기회라 해도 과언이 아니었다.

고심하던 가브리엘 감독이 입을 열었다.

"팔죠."

"그럴까?"

"솔직히 본래 구상은 임시방편적인 전술이었습니다. 구단주님과 피에트로가 활약하고, 나머지는 탱커들로 어떻게든 버티는 식이었죠."

"그렇긴 하지."

"이참에 클래식 탱커라 활용 폭이 좁은 노정환은 보내주고, 기동성을 살린 전술로 승부를 보는 건 어떻겠습니까?"

그것은 파리 뤼미에르 BC로 대표되는 스타일이었다. 가브리엘 감독도 파리 뤼미에르 BC 출신이기 때문에 그 같은 전술을 즐겨 썼다.

월드 챔스를 대비해서는 강팀을 상대하기 위한 임시방편적인 구상을 했지만, 본래 가브리엘 감독의 철학과는 거리가 멀었다.

"제대로 싸워보자는 건데, 그게 될까?"

파리 뤼미에르 BC로 대표되는 3탱커 체제는 수비가 약하기 때문에 선수 개개인의 능력이 중요하다. 그걸 월드 챔스에서 YSM이 펼친다니 위험 요소가 많았다. 트렌드라고 해서 아무 클럽이나 다 흉내 낼 수 있는 것은 아닌 셈이다.

"사니야는 물론이고 남궁지훈과 박영민 등 선수들의 성장

속도가 생각보다 훨씬 빠릅니다. 구단주님의 개인 지도 덕분이죠. 더구나 무엇보다도 구단주님의 기량도 부쩍 상승했죠. 제 생각보다 팀이 더 강해졌기 때문에 어쩌면 제대로 된 전술을 구사해도 될 것 같다는 생각이 들었습니다."

그랬다.

가장 큰 변수는 바로 서문엽의 성장이었다.

—대상: 서문엽(인간)

—근력 90/91

—민첩성 98/99

—속도 92/93

—지구력 94/95

—정신력 110/111

—기술 104/105

—오러 105/106

—초능력: 분석안, 던지기, 불사, 증폭, 영혼 연성

근력이 88에서 90으로 또 성장.

속도는 무려 92로 엄청난 준족이 되었다.

한계를 계속 1씩 늘려주는 영혼 연성 덕에 계속 성장하는 서문엽. 약점이었던 두 가지가 이제는 장점으로 탈바꿈되었으니 그야말로 완전무결이었다.

덕분에 지금의 서문엽은 괴물 그 자체.

이제 세계 최고의 선수를 논할 때 슬슬 서문엽의 이름이 가장 앞에 나오기 시작했다.

중국전에서의 엄청난 활약이 임팩트가 되어서, 서문엽의 껑충 뛴 기량이 전문가들에게 주목받았다.

소멸 광선까지 막아낼 정도니, 서문엽을 상대할 뾰족한 공략법이 사라졌다.

선수 데이터를 꾸준히 관리하는 가브리엘 감독은 서문엽의 엄청난 기량에 희망을 느꼈다.

"구단주님의 현재 기량이라면 상대가 누구건 승산이 있습니다. 제대로 4강, 운이 좋으면 우승도 한번 노려보죠."

사실 성장한 사람은 가브리엘 감독도 마찬가지였다.

—리더십 90/92

—전술 94/98

처음 봤을 때 85였던 리더십은 90.

88이었던 전술은 무려 94가 되었다.

선수들의 기량이 부족해서 그렇지, 사실은 지금보다 훨씬 세련된 전술을 구사할 수 있는 역량이 있는 감독이었다.

이제는 서문엽이라는 엄청난 에이스가 있고, 다른 선수들도 부쩍 성장했으니 이제 슬슬 가브리엘 감독도 자신의 능력을 제대로 펼쳐 보이고 싶을 터였다.

"좋아, 노정환은 보내자."

그렇게 노정환은 영국으로 보내기로 했다.

*　　*　　*

한국 배틀필드는 선수의 이적이 별로 없는 리그다.

선수 풀이 워낙 좁기 때문이다.

그렇기 때문에 좋은 선수에 목마른 프로 팀들은 고등학교를 졸업하는 유망주들을 차지하기 위해 치열한 경쟁을 펼쳤다.

특히 올해는 초대형 유망주가 나타나서 떠들썩했다.

〈'제2의 서문엽' 꿈꾸는 신태경〉

〈신태경, 유소년 리그 MVP, 최다 킬 후보에 올라〉

〈놀라운 활약 펼치는 신태경, 빅 리그에서도 주목〉

아주 떠들썩했다.

유소년 리그에 탱커이면서도 최다 킬 기록을 눈앞에 둔 선수가 등장한 것이다.

뛰어난 피지컬과 활동량으로 킬 포인트를 쓸어 담았다고 한다.

그런 선수가 고등학교 졸업을 앞두고 있으니, 여러 클럽에서 영입 제의가 빗발치는 것은 당연했다.

신태경이 출전하는 유소년 리그 결승전 경기에는 서문엽도 직접 관람을 하러 왔다. 백제호가 같이 가자며 경기장으로 끌고 온 것이다.

유소년 리그치고는 엄청난 관중이 경기장에 모였다.

각 클럽의 스카우터들도 관중들 속에 섞여 있었다.

"전력 차이가 많이 나서 사실상 우승은 확정이라더라. 다들 신태경이 최다 킬 기록을 얼마나 세우나 보러 온 거야."

VIP석에서 백제호가 말했다.

그러나 서문엽은 시큰둥했다.

"뭐 얼마나 대단하다고."

"지금 벌써 KB—1 수준의 실력을 펼치는데 대단하지."

백제호는 신태경을 국가 대표 팀에 합류시킬 생각도 하고 있었다. 그래서 서문엽을 데리고 경기를 보러 온 것이었다.

"글쎄다."

서문엽은 대형 스크린에 비치는 신태경을 보고도 딱히 흥미를 못 느꼈다.

신태경은 방패와 창을 든 탱커여서 서문엽과 비교됐는데, 창을 던지지는 않지만 빠른 발로 활발하게 뛰어다니며 사냥을 펼치고 있었다.

"왜, 네 눈에는 별로야?"

백제호가 물었다.

서문엽이 대꾸했다.

"응, 별론데."

당연하지만 서문엽은 증폭된 분석안으로 특급 유망주 신태경을 보고 있었다.

—대상: 신태경(인간)

—근력 84/85

—민첩성 75/75

—속도 82/82

—지구력 92/100

—정신력 60/70

—기술 72/76

—오러 80/82

—리더십 35/35

—전술 28/28

—초능력: 무한 체력

—무한 체력: 지치지 않는다.

확실히 유소년 리그에서는 말도 안 되는 사기 캐릭터다.

하지만 저 나이에 저렇게 더 성장할 여지가 없는 선수도 참 오랜만에 보는 서문엽이었다.

'재능을 이미 다 끌어다 썼구먼, 뭘.'

더 성장 안 할 게 뻔히 보이는데 서문엽이 욕심낼 이유가 없었다.

초능력 덕에 지구력이 무한이라는 점은 주목할 만하지만, 그뿐이었다. 그 외에 초능력이 없으니 메리트가 없다.

리더십과 전술이 낮은 것도 큰 단점.

정말 딱 KB-1 리그의 주전 탱커 수준이다. 월드 챔스까지 바라보는 서문엽의 눈에 찰 리가 없었다.

"잘하는데."

백제호는 신태경이 마음에 드는 모양이었다.

서문엽은 고개를 저었다.

"일단 멍청하잖아. 저 새끼 계속 킬 찾아 뛰어다니지 동료를 보호하려고 하지는 않잖아."

"음, 확실히 그런 부분은 좀 아쉽긴 하네. 근데 그거야 최다 킬 신기록 때문에 욕심내는 거 아닐까?"

"아냐, 걔 멍청해. 대표 팀에 뽑지 마."

"끙, 피지컬이 아까운데."

"피지컬도 저기서 더 성장할 것 같지는 않아 보이는데."

"음……."

백제호는 쉬지 않고 뛰어다니는 신태경이 좋아 보였지만, 서문엽의 의견도 무시할 수 없었다.

'엽이가 그렇다면 그런 거겠지. 아쉽지만 크게 될 재목이 아

닌가 보다.'

서문엽의 안목은 한 번도 틀린 적이 없었기 때문에 백제호도 순순히 받아들였다.

어쨌든 경기는 계속 관람했다.

유소년 리그답게 경기 수준은 별로였다.

신태경이 좌충우돌하며 킬을 쓸어 담고 있었다.

그런데.

"어?"

뚱한 표정을 하고 있던 서문엽이 문득 탄성을 터뜨렸다.

"왜?"

백제호가 물었다.

"마음에 드는 선수가 있어서."

"누군데?"

"같은 팀의 저 여자애."

백제호는 양 팀 선수들이 뒤엉켜 싸우는 현장에서 단발머리의 작은 소녀를 발견할 수 있었다.

"저 작은 애?"

"어."

—대상: 신수경(인간)

—근력 64/85

—민첩성 65/95

—속도 62/86

—지구력 62/70

—정신력 77/87

—기술 57/86

—오러 80/80

—리더십 25/25

—전술 39/78

—초능력: 위압

—위압: 응시하는 적의 민첩성과 정신력을 10씩 낮춘다.

이름이나 외모로 보아 신태경의 여동생이 아닐까 싶었다.

서문엽은 저게 웬 보물이냐는 표정이 되었다.

*　　　　*　　　　*

경기가 끝나고 서문엽은 백제호와 함께 선수 대기실로 향했다.

관계자 외에 출입 금지지만 두 사람은 당연히 통과.

"우리가 들어가면 소란이 벌어질 텐데."

백제호의 말에 고개를 끄덕인 서문엽은 경기장 관리 직원 하나를 시켜서 신수경을 불러내게 했다.

이윽고 평상복으로 갈아입은 작은 단발머리의 소녀가 나왔다.

"엑!"

신수경은 서문엽과 백제호를 보고 화들짝 놀랐다.

하지만 어딘지 익숙한 태도로 물었다.

"태경이는 인터뷰 중인데, 말씀 전해 드릴까요?"

"신태경과 가족이야?"

서문엽이 물었다.

"네, 쌍둥이에요."

신수경은 그것도 모르고 자신을 불러냈냐는 표정을 지었다.

서문엽이 말했다.

"근데 내 용건은 너야."

"네? 저요?"

신수경의 두 눈이 휘둥그레졌다.

체구도 작은 게 쉽게 놀라는 표정도 무척 잘 어울리는 인상이다. 다람쥐 같은 느낌이라 귀여운 소녀였다.

절로 아빠 웃음이 된 서문엽이 말했다.

"그래, 신태경 말고 너."

"저, 전 왜요?"

"아직 갈 팀은 정해지지 않았지?"

"몇 팀에 제안을 받았어요."

추측컨대 KB7 1, 2부 리그나 신태경을 노리고서 누이부터 공략하려는 케이스일 것이다.

"우리 팀에 안 올래?"

"정말요?"

신수경은 더더욱 생동감 있게 놀란 표정을 지었다.

"어, 난 네가 백하연 못지않은 근접 딜러가 될 재능이 있다고 본다."

"흐엑!"

괴상한 소리를 내며 기겁한 신수경.

백제호도 떨떠름해졌다. 저 작은 소녀가 어딜 봐서 백하연에 비견될 재능인지 모르겠다는 표정이었다.

하지만 서문엽은 확신했다. 분석안에 뻔히 보이니 말이다.

'뒤떨어지는 면도 있지만, 기술과 오러는 더 좋으니까 평균적으로 비슷하지.'

"진짜 저한테 제의하시는 거 맞죠? 이래놓고 나중에 태경이도 같이 와야 한다고 그러시는 거 아니죠?"

의심이 많은 신수경. 한두 번 당해본 일이 아닌 모양이었다. 잘난 쌍둥이 동생을 둔 탓에 자기 재능을 알지 못하고 있었다.

서문엽이 말했다.

"딱 말할게. 신태경 관심 없어."

"엑! 태경이는 YSM도 생각하고 있었는데!"

신수경은 그렇게 소리치고는 아차 싶었는지 입을 꾹 다문다. 한창 수많은 클럽들과 협상을 하는 신태경의 속내를 발설했으니 말이다.

서문엽은 씨익 웃었다.

"응, 근데 난 정말 관심 없어."

"왜요?"

"네가 훨씬 뛰어난 재능을 가졌으니까."

"지, 진짜요?"

"왜 이렇게 의심이 많아? 내가 찍어서 퍼텐셜 안 터진 선수가 있을 것 같아?"

"그, 그건 아니지만, 정말 나중에 태경이도 데려오라고 하는 거 아니죠?"

끝까지 의심병을 앓는 신수경.

서문엽은 슬슬 꽉 쥔 주먹을 떨기 시작했다. 한 대 쥐어박고 싶었다.

"신태경한테 필요 없으니까 YSM은 꿈도 꾸지 말라고 전해라! 이러면 됐냐?"

"그, 그렇게 심하게 말할 것까지는 없잖아요!"

이번에는 쌍둥이 동생 편을 드는 신수경.

서문엽은 혈압이 올랐다.

"그러니까 그만큼 신태경한테 관심 없다고! 너! 그냥 너야! 이 경기장에서 오직 너밖에 관심 없어! 한 번만 더 그 새끼 이름이 나오면 내가 아주……!"

"여, 엽아, 그만!"

백제호가 나서서 그를 진정시켰다.

신수경은 잔뜩 겁먹은 얼굴이었다.

비로소 진정한 서문엽은 명함을 꺼내 신수경에게 건네주었다.

"연락해라."

"네!"

비로소 의심을 푼 신수경은 이게 웬 떡이냐는 듯 번개 같은 손놀림으로 명함을 낚아챘다.

"가자."

용건을 마친 두 사람은 등을 돌렸다.

그러다가 문득 서문엽이 뒤돌아서 신수경에게 소리쳤다.

"연락 꼭 해라! 말도 없이 딴 팀으로 도망치면 찾아간다!"

"흐엑!"

*　　　*　　　*

돌아가는 버스 안.

"음……."

옆자리에서 잔뜩 고민하는 기색이 담긴 목소리가 들린다.

신태경은 모른 체하고 계속 눈을 감았다. 인터뷰 때 기자들을 상대하느라 몹시 피로했다.

"으음……."

그런데 옆자리에서 들리는 목소리에 고민이 더더욱 짙게 맺혀 있다.

"누나, 뭔데 그래?"

결국 신태경은 눈을 뜨고 물었다.

신수경은 두 손에 꼭 잡고 있는 명함을 뚫어져라 보고 있었다.

신태경은 명함에 서문엽이라고 쓰인 활자를 보고 깜짝 놀랐다.

"어? YSM에서 왔었어?"

"응."

신수경은 고개를 끄덕였다.

"서문엽이?"

"응. 백제호 감독님도 같이 있었어."

"헉, 그럼 진작 말하지! 아, 인터뷰 때문에 못 만났구나."

신태경은 무척 아쉬워했다.

"아쉽네, 무려 서문엽이 직접 찾아왔었는데. 자, 명함 줘."

신태경은 손을 내밀었다. 당연히 자신에게 전달될 명함인 줄 알았던 것이다.

그러나 신수경은 고개를 저었다.

"내 거야."

"응? 누나 거? 나 찾은 게 아니라?"

"나한테 관심 있대."

그 말에 신태경의 머릿속에 여러 가지 생각이 스쳤다.

설마 서문엽이 여기까지 와서 헌팅을 한 건 아닐 터였다. 근데 자기 누나를 선수로서 관심 있어 한다는 건 왠지 더 말이 안 되게 느껴졌다.

"누나한테 영입 제의한 거야?"

"응. 이상하지?"

"이상한데. 혹시 나에 대한 얘긴 없었어?"

"나도 물어봤는데 널 영입할 의향은 없대."

실은 더 심한 돌 직구를 날렸지만 순화해서 전달해 주는 신수경이었다.

"그래놓고 누나 통해서 날 끌어들이려는 건 아니겠지?"

"엄청 단호하게 널 영입 안 한다고 말하던데?"

살짝 울컥했다.

서문엽은 여태껏 한 번도 영입에 실패해 본 적 없는 걸로 유명했다.

심지어 최근에는 2부 리그에 오래 머물렀던 탱커 노정환까지 영국 프리미어 리그로 보내지 않았는가. 기존의 한정실업 선수들은 대부분 정리했는데, 노정환과 이나연, 남궁지훈 등 남겨놓은 선수들은 하나같이 잘됐다.

그렇다면 자신은 가능성이 없다고 서문엽이 판단한 게 아니고 뭐겠는가?

“나, 난 아무래도 많은 클럽에서 영입 경쟁을 하니까 포기했나?”

“으응, 그렇겠지? 아무리 잘나가도 아직 재정은 부유한 클럽이 아니니까.”

신수경도 맞장구쳤다.

하지만 신태경은 못내 찜찜했다.

YSM은 한국의 클럽 중에서는 가장 가고 싶은 곳이었다.

프랑스의 실력파 감독 가브리엘 사나가 그의 인맥으로 해외에서 좋은 코치들을 데려와 자신의 사단을 조직했다. 가브리엘 감독 사단은 선수들을 훌륭하게 성장시켰다.

덕분에 YSM은 초고속으로 KB-1 우승을 달성했고, 아시아 챔스와 월드 챔스까지 노리고 있었다.

서문엽과 피에트로 아넬라를 제외하더라도 YSM은 자신의 성장을 위해 꼭 가고 싶었던 클럽 중 하나였던 것이다.

“혹시 말이야.”

신수경이 입을 열었다.

“나한테 개인적으로 호감이 있는 거 아닐까?”

“…응?”

“그렇잖아. 백하연 선수까지 들먹이면서 내가 가능성 있다고 막 그러는 거야! 아무리 칭찬을 해줘도 그렇지 세상에, 백하연 선수는 좀 아니지 않아?”

무려 파리 뤼미에르 BC의 주전으로 거듭난 스타까지 언급됐다.

"나 영입해 놓고 막 꼬시려고 그러는 걸 수도 있잖아!"

"……."

"괜히 주제넘게 YSM 같은 팀에 들어가는 바람에 정신적으로 힘들어하는 틈을 타서 구단주의 지위를 남용해 어떻게 해보려고……."

신수경의 의심병은 새로운 증상으로 발전하고 있었다.

"누나."

"응?"

"그 서문엽이 경기장까지 와서 누나를?"

"……."

"옆에 백제호 국가 대표 감독까지 같이 있는데?"

"…역시 좀 이상하지?"

신수경도 정신을 차렸다.

"누나, 그러지 말고 연락해서 한번 찾아가 봐."

"그래, 일단 그래봐야겠어. 어쨌거나 나한테는 기회니까."

"그리고 꼭 물어봐. 난 왜 영입 안 하려는 건지!"

"……."

동생의 은근한 분노를 느낀 신수경은 입을 꾹 다물었다.

한 번만 더 동생 이름 꺼내면 가만 안 둔다고 역정 내던 서문엽의 목소리가 귓가에 아른거렸다.

*　　　*　　　*

"자, 계약하자!"

"흐엑!"

YSM 클럽하우스.

좌우에 가브리엘 감독과 최동준 수석 코치까지 거느린 서문엽이 떡하니 계약서를 내밀었다.

잔뜩 주눅 들어 있었던 신수경은 계약서를 펼쳐보고는 더 놀랐다.

연봉 2억.

계약 기간 10년.

바이아웃 없음.

매년 연봉 10% 인상.

기다 출전·킬·어시 수당도 매우 후함!

"흐에엑?!"

동생에게나 제시될 법한 계약 조건에 신수경은 괴이한 비명 소리를 냈다. 바이아웃 없이 10년이라는 조건이 어쩐지 무섭게 느껴졌다.

"독소조항… 독소조항……."

신수경은 정신없이 계약서를 뚫어져라 살펴보며 무심코 중얼거렸다.

서문엽은 울컥했다.

"속마음 입 밖에 내지 마라, 맞는다!"

으름장을 놓자 또 흐엑거리며 놀라는 신수경.

"자자, 진정하시고. 조항을 조목조목 짚어주고 설명해 드릴 테니, 필요하다면 녹음을 하셔도 됩니다."

최동준 수석 코치가 '고취'를 펼쳐서 신수경을 진정시키고 나섰다.

"정말요?"

신수경은 냉큼 스마트폰을 꺼냈다. 의심병에 빠져 있는 신수경. 녹음 어플은 이미 한참 전부터 실행되고 있었다.

"……."

서문엽은 울화를 억눌렀다.

정신력이 77/87로 높은 편인데 저런 모습인 것을 보면, 저게 신수경의 평상시 성격인 모양이었다.

'그래도 분석안에 보이는 정신력은 괜찮으니까, 막상 던전에 가면 제 몫을 잘한다는 뜻이겠지.'

분석안의 기준은 던전이라, 평상시의 모습을 완전히 반영하지는 않는다.

설명을 모두 들은 신수경은 서문엽에게 조심스레 물었다.

"정말 제게 재능이 있는 거예요?"

"어. 백하연만큼."

"지, 진짜죠?"

"어."

"혹시 동생은……."

그 말을 꺼내자마자, 서문엽은 즉시 녹음 중인 신수경의 스마트폰을 집어 들었다.

그것을 입에 가까이 대고 소리쳤다.

"네 동생 관심 없어! 신태경 영입 안 해!!"

데스메탈 보컬을 방불케 하는 샤우팅이었다.

그러자 신수경도 주눅 든 기색을 버리고 진지해졌다.

"저도 태경이처럼 훌륭한 선수가 될 수 있는 거죠?"

"뭐 들었냐? 신태경이고 나발이고, 백하연만큼 된다니까?"

그녀는 보기와 달리 치명적인 킬러의 재능이 있었다.

—위압: 응시하는 적의 민첩성과 정신력을 10씩 낮춘다.

응시하고 있는 적 한 명의 움직임을 순간적으로 둔하게 만들고, 달려들어서 킬할 수 있는 킬러.

위급한 순간에 민첩성 10은 엄청난 차이가 된다.

특히 일류 선수일수록 자신의 능력이 어느 정도인지 잘 알기 때문에, 민첩성이 10 떨어진 스스로의 움직임에 당황하게 된다. 정신력도 10 낮추니 그 동요가 커진다.

"만약 계약서에 사인한다면, 네게 두 가지 코스가 있어."

서문엽이 계속 설명했다.

"첫째는 2년, 3년 기간을 충분히 두고 훈련을 받아서 성장하는 것."

"둘째는요?"

"지금부터 반년가량 죽어라 지옥 훈련을 받아서 월드 챔스에 출전할 전력감이 되는 것."

신수경의 눈이 커졌다.

"갈 길이 멀기 때문에 아주 강도 높은 훈련이 될 거다. 그때까지는 꽁꽁 숨겨놓고 쉴 틈도 없이 미친 듯이 훈련만 받게 될 거야. 꿈에서도 던전이 나오겠지. 그리고 우리 팀이 월드 챔스에 갔을 때, 비로소 네가 등장할 거야."

서문엽이 미소를 지었다.

"사람들이 놀라겠지. 저 선수는 누구지? 신태경 누나래. 신인이 저런 경기에 출전한다고? 그리고 경기가 끝났을 때는 더 이상 누구도 널 신태경 누나라고 못 부를 거다."

"아……."

"신태경으로서는 안 된 일이지. 이제 신수경 동생이라 불리게 생겼으니까. 하지만 너도 품고 있는 야망이 있으니까 신태경 누나라서, 여자라서 겪었던 많은 설움에도 불구하고 배틀필드 선수를 해왔던 거잖아? 야망이 있다면, 사인해. 내가 이뤄줄 테니."

신수경은 여러 가지 생각을 하는 듯했다.

하지만 이내 계약서에 사인을 했다.

그러고는 서문엽을 똑바로 쳐다보며 말했다.

"꼭 그렇게 만들어주세요. 열심히 할게요."

그 순간, 서문엽은 그녀의 정신력이 79로 오르는 것을 볼 수 있었다.

그녀도 마음속에 불타오르는 꿈 하나가 있었던 것이다.

*　　*　　*

신수경까지 합류하자 YSM은 이적 시장 문을 닫았다.

그리고 서문엽은 휴가 기간임에도 불구하고 선수 4명을 불러냈다.

파울 콜린스, 개리 윌리엄스, 사니야, 그리고 신수경이었다.

서문엽은 중무장을 한 채 4명과 함께 던전에 접속했다.

"탱커, 원거리 딜러, 근접 딜러, 그리고 덤. 조합은 적당하군."

"저, 덤은 누구예요?"

신수경이 물었다.

"너."

"흐엑……."

신수경은 시무룩해졌다.

하지만 다른 세 선수에 비하면 신수경의 현재 역량은 형편없어서 이 자리에 끼어 있는 것만도 행운이었다.

"앞으로 매일 이렇게 나와 함께 월드 챔스를 목표로 특별 훈련을 할 거야."

"어떤 훈련입니까?"

개리가 물었다.

"너희 넷이 편먹고 나와 싸운다."

"4 대 1?"

파울이 눈살을 찌푸렸다.

서문엽은 코웃음 쳤다.

"착각하지 마라. 너희 넷쯤은 순식간에 해치울 수 있으니까. 다만 이렇게 하는 것은 실전을 통해서 잘못된 부분을 지적해 줘야 속성으로 빨리빨리 실력이 오르기 때문이다."

네 사람은 수긍했다.

신수경을 여기에 끼워 넣은 것은 이유가 있었다.

개리, 파울, 사니야는 세계 레벨의 자질이 있는 선수들이었다. 넷이서 상대해야 하는 서문엽은 당연하고 말이다.

이들 틈에서 실전을 매일 치르며 세계 레벨에 적응시키기 위해서였다.

처음부터 눈높이를 세계 레벨로 맞추기 위하여, 신수경은 KB—1 리그 경기와 아시아 챔스 경기는 내보내지 않을 생각이었다.

'신수경을 어떻게든 키우면 월드 챔스에서 성공할 가능성이 높아져.'

반년밖에 안 되는 시간이지만, 한 번 빡세게 굴려볼 생각이었다.

"자, 준비!"

서문엽이 소리치자 네 선수가 싸울 준비를 했다.

창과 사각 방패를 든 파울.

장창을 든 사니야.

아직 손에 익지 않은 합금 장궁을 든 개리.

그리고 신수경은 레이피어와 패링 대거를 양손에 쥐었다.

레이피어는 찌르기에 특화된 가늘고 긴 검이고, 패링 대거는 상대의 공격을 옆으로 쳐내는 용도로 쓰는 작은 단검이었다.

이 두 무기로 신수경은 펜싱 스타일의 전투를 구사했다.

펜싱은 널리 보급된 무기술 중 하나였기 때문에 이런 스타일이 생각보다 흔했다.

파울이 진면에 나서고 나머지 셋은 그 뒤에 자리 잡았다.

"자, 간다!"

서문엽이 방패를 앞세워 돌진했다.

파울이 그 돌진을 받아내기 위해 앞에 나섰다.

쉭!

서문엽이 창으로 얼굴을 찔렀다.

파울이 방패를 올려 막아냈다. 하지만 그 바람에 파울의 자세가 살짝 위로 치우쳤다.

쿠우웅!

"큭!"

힘껏 부딪치자 파울이 정신없이 뒤로 밀렸다.

서문엽의 불호령이 떨어졌다.

"야, 이 허접 새꺄! 계속 자세를 낮추고 있어야 안 밀리지! 얼굴 좀 건드려 본 것 갖고 자세가 흔들려?"

"죄송합니다!"

파울이 얼굴을 붉혔다.

그동안 마음잡고 클래식 탱커로서 열심히 피지컬을 연마한 덕에 많은 발전이 있었다.

근력은 84에서 94까지 껑충 오르고 지구력도 86까지 치솟았으니, 공항에서 마중 나온 서문엽이 만족할 수밖에 없었다.

그런 피지컬 덕에 파울은 베를린 블리츠 리저브 팀에 있을 때 밀려본 적이 없었다. 그래서 그만 방심한 것이다.

'생각보다 훨씬 세다!'

파울은 서문엽의 힘이 생각보다 세다는 것을 온몸으로 체감하고는 다시는 방심하지 않으리라 다짐했다.

또다시 서문엽이 적극적으로 밀고 들어가려는 찰나.

파앗!

사니야가 불쑥 치고 나와 장창으로 찔렀다.

터엉!

방패로 간단히 걷어내는 서문엽. 그러나 방패를 쥔 왼손에서 묵직함이 느껴졌다.

'이제 근력도 물이 올랐군.'

—대상: 사니야 아흐메토바(인간)

—근력 85/87

—민첩성 90/93

—속도 85/88

—지구력 84/84

—정신력 83/83

—기술 85/97

—오러 90/90

—초능력: 근력 강화

KB—1 리그에서는 사기 캐릭터가 된 사니야.

서문엽, 피에드로에 이어 이제는 사니야도 존재 자체가 반칙이라고 타 팀 서포터들의 원성을 살 정도.

75였던 근력은 85로 급상승했다.

이는 근력 강화로 일격을 가해 상대 탱커를 거꾸러뜨려 버리는 플레이에 맛들인 덕이었다.

근력 강화로 근력을 40% 상승시키면 월드 클래스 탱커라도 힘으로 버티려다가 무너지기 십상이었다.

민첩성은 이제 90에 이르렀다.

반사 신경과 순발력이 월드 클래스에 접어든 것이다.

괜히 빅 리그에서 사니야를 영입하겠다고 오퍼가 쏟아지는 게 아니었다.

그밖에 속도도 81에서 85.

오러는 87에서 마침내 90으로 한계까지 다 채웠다.

아직도 기술 측면에서 발전의 여지가 한참 남았다는 것이 사니야의 무서움이었다.

"왜 그런 표정으로 쳐다봐요?"

사니야가 물었다.

"응, 보고만 있어도 배불러서 그런다."

"호호."

사니야는 까르르 웃었다.

하지만 소소한 대화와 달리 두 사람은 계속 치열한 공방을 주고받았다.

그 광경을 보고 개리와 파울은 깜짝 놀랐다.

'빅 리그에서도 충분히 먹히는 수준이잖아?'

'뭐야, 엄청나잖아? 나이는 나랑 비슷해 보이는데. 이만한 선수가 어째서 한국에 있는 거지?'

감탄만 하고 있을 수는 없었다.

베테랑인 개리는 서문엽이 슬슬 사니야의 허를 찌를 타이밍을 재고 있는 걸 알아차렸다. 겉보기엔 치열하지만, 서문엽에게서 여유가 느껴졌다. 여유가 있으면, 몇 수 앞을 계산했다가 실행에 옮기는 것이 일류 선수들의 플레이다.

개리도 2수 앞을 계산하며 화살을 활시위에 걸었다.

이윽고 서문엽이 사니야가 장창을 내지르는 걸 피하며 불쑥 치고 들어갔다.

당황한 사니야.

파울이 사니야를 보호하기 위해 뛰어들었다.

순간, 사니야를 향해 뻗는 줄 알았던 창이 파울의 다리를 노렸다.

파울이 끼어들 것을 예상한 플레이였다.

급히 방패로 하단을 막았지만, 뛰어드는 순간에 제동이 걸린 탓에 템포가 무너진 파울.

서문엽은 연속으로 방패를 휘둘러 내리찍으려 들었다.

그 순간, 기다렸다는 듯이 개리가 활을 쐈다.

챙!

옆구리를 향해 쏘아진 화살은, 이미 알고 있었다는 듯이 창에 맞고 빗나갔다.

서문엽도 2수 앞을 보았다.

싸우는 중에 개리의 행동까지 체크해 놓고 그보다 더 앞을 보고 있었다.

좋은 타이밍이라고 생각했는데 쉽게 막히자 개리는 허무해졌다.

“어이, 개리.”

"예, 구단주."

"월드 챔스에서 어떤 선수가 화살에 맞아주겠어?"

"……."

"네가 화살로 잡으려 들면 안 돼. 화살은 상대의 타이밍을 끊기 위한 목적으로 쏘는 거야."

"알겠습니다. 제가 잘못 생각했군요."

궁수는 어디까지나 동료를 지원하는 것이 목적임을 망각했었다.

"그리고 파울?"

"네!"

"네가 사니야를 보호하려고 뛰어들 걸 상대가 모를 것 같아? 당연히 알고 한 수 앞을 보고 플레이하겠지."

"맞습니다."

파울도 자신의 실책을 인정했다.

"머리를 써가며 플레이해. 찰나의 순간에도 계산이 돼야지. 더 이상 리저브 팀 선수가 아니니까."

"네!"

"그리고 우리 수경이?"

"네?"

신수경은 호명되자 화들짝 놀랐다. 자신은 아무것도 못했던 탓에 찔끔했다.

"끼어들 타이밍을 못 찾겠지?"

"네……."

"원래 넷이서 하나랑 싸우면 그래. 그렇다고 놀면 되겠어?"

"안 돼요……."

"그래, 네 좋은 초능력이 있는데 왜 안 쓰고 있었어?"

응시하는 적의 민첩성과 정신력을 10 낮추는 신수경의 초능력.

신수경은 초능력을 쓰고서 바로 뛰어들어 킬을 내는 패턴을 갖고 있었다.

"네가 직접 킬을 낼 기회를 포착할 때까지 아껴뒀어?"

"네."

"그 초능력을 동료의 킬을 만들어주기 위해 써봐. 그러면 어시스트 적립, 어시 수당 지급, 해피엔딩이잖니."

"아, 맞다! 알겠습니다!"

"동료들이 싸우는 걸 지켜보면서 언제 써야 좋을 타이밍인지 연구해 봐. 그러면 네가 직접 킬을 하러 뛰어들 타이밍도 알게 될 거야."

"넵!"

"좋아, 이 허접들아. 월드 챔스에 어울리는 실력을 가질 때까지 씩씩하게 가보자!"

"옛!"

다시 싸움이 시작됐다.

어느 정도 가이드라인을 잡아준 덕에 네 사람의 협동은 한층 좋아졌다.

하지만 서문엽은 계속 여유 있게 네 사람을 상대하면서 계속 충고를 했다.

"수경이! 지금은 내 뒤쪽에 있어야 내가 뒤통수가 신경 쓰이지!"

"네!"

"사니야, 네가 더 위협적으로 나와야 해! 위협을 못 느끼면 난 너희 넷을 다 상대해도 편안해."

"네!"

"파울! 너도 치고 나와서 덤벼! 동료들 보호하려고 계속 자리를 지키는 거지? 근데 딜러들은 원래 탱커 가는 대로 알아서 잘 따라다녀! 네가 이끄는 거야!"

"예!"

"베테랑 씨? 묵묵히 화살만 쏘시네? 침묵의 저격수 뭐 그런 콘셉트 잡으셔?"

"아차."

개리는 그제야 동료들에게 말로 지시를 내리기 시작했다. 이렇게 넷이 있을 때는 베테랑인 그가 해야 하는 역할이었다. 전술 80/86인 개리는 충분히 오더를 내릴 수 있었다.

"좋아, 1%였던 긴장감이 5%까지는 올랐네. 근데 난 아직도 무척 편안해요, 이 사람들아!"

서문엽이 독려하면서 계속 치열한 싸움이 전개되었다.

그들은 체력이 다 바닥날 때까지 싸웠다가 비로소 쉬는 시간을 가졌다.

"어때? 앞으로 계속 이렇게 훈련할 건데."

서문엽의 물음에 개리가 답했다.

"좋습니다. 제일 필요한 부분이 훈련되는 느낌이 듭니다."

다른 3인도 동의하는지 고개를 끄덕였다.

"좋아, 그럼 매일 이렇게 하자고. 너희들 데리고 기필코 월드 챔스에서 베를린, 파리랑 겨룰 테니까."

그러자 네 사람도 가슴 벅찬 꿈을 느꼈다.

올해 결승전에서 명승부를 기록한 두 팀.

그들과 겨룰 수 있다면, 그보다 더 멋진 로망은 없을 듯했다.

아무튼 훈련은 만족스러웠다.

서문엽도 오러 컨트롤 요령을 실전에 적용시킬 방법을 연구하는 데 그들 4인을 써먹은 것이다.

그날 이후로 매일같이 던전을 바꿔가면서 다양한 환경에서 대련을 했다.

4인의 합격은 점점 체계화되면서 서문엽에게 서서히 압박감을 주기 시작했다.

그런데 어느 날.

"구단주님!"

"잉? 너 휴가 안 갔냐?"

서문엽을 찾아온 선수는 박영민이었다.

PC방에서 참교육당한 일이 인터넷 방송에 노출되는 바람에 한동안 양아치란 별명으로 통했는데, 이제는 실력이 올라온 덕에 초능력인 '화염검'으로 불리게 되었다.

"지금 몇몇 선수들을 지도 중이시라고 들었는데요!"

"어."

"그 선수들 우리 팀에서 소수의 실력자를 골라서 특별 훈련을 시키는 거 맞죠?"

"그렇지. 새로 온 신수경만 빼고."

"저는요?"

"응? 너 뭐?"

"저도 거기 끼워주시면 안 되냐고요! 지금 월드 챔스를 위해서 소수 정예 키우시는 거잖아요! 저도 끼워줘요."

"걔들은 휴가 반납하고 하는 거야. 시즌 시작되면 정규 훈련 끝나고서 남들 집에 갈 때 따로 시간 내서 할 거고. 너도 그렇게 할 수 있어?"

말이야 쉽다.

하지만 자기 쉴 시간 다 빼놓고 엄격한 훈련에 매진하는 것은 정신적으로 지친다.

"할 수 있어요. 노는 건 그동안 양아치 시절에 실컷 허송세월 보냈으니까 이제 죽었다 치고 굴러도 돼요. 저도 강해지게 해주세요."

놀라운 향상심이었다.

그간 쭉쭉 성장한 박영민이 비로소 자신의 재능을 느꼈는지, 더 강해지고픈 욕망을 느끼고 있는 것이었다.

—대상: 박영민(인간)

—근력 82/84

—민첩성 78/85

—속도 76/81

—지구력 70/70

—정신력 62/62

—기술 71/81

—오러 75/76

—리더십 17/32

—전술 50/54

—초능력: 화염검

상대적으로 올리기 쉬운 피지컬은 그야말로 폭풍 성장했다.

전술도 최정민과 콤비 플레이를 하면서 많이 배운 듯했다.

그런데 무엇보다도 고무적인 것은 62밖에 안 되던 기술이 71까지 올랐다는 사실이었다. 최소한 KB—1 레벨의 기본 테크닉은 갖췄다는 뜻.

'가진 퍼텐셜을 전부 채우면, 좋은 초능력을 가졌으니 월드 챔스에서도 보탬이 될 거야.'

이미 정규 시즌 때 충분히 굴렸기 때문에 휴가 때까지 못살게 굴고 싶지는 않아서 놔뒀는데, 박영민이 스스로 찾아왔다.

서문엽은 그것이 기뻤다.

전쟁 시절 많은 초인이 이끌어달라고 찾아왔지만, 서문엽의 혹독함을 끝까지 참은 것은 백제호뿐이었다.

이렇게 스스로 찾아온 박영민의 적극적인 태도가 보람을 느끼게 만들었다.

"그래, 어디 한번 존나 굴러보자."

"예!"

그리하여 박영민도 특별 훈련에 합류했다.

그렇게 그들은 열정을 다해 겨울을 보냈다.

제5장
저력

한 구단주가 있다.

선수 영입을 결정하고, 감독과 전술도 논의하며, 심지어 자기가 직접 경기도 뛴다.

그야말로 전방위로 클럽에 참견하는 구단주다.

심지어 최근에는 신수경이라는 뜬금없는 신인에게 연봉 2억 원을 안겨주며 10년 계약을 채결해 버렸다.

다른 스카우터들이 추천한 선수들은 모조리 거절했으면서 말이다.

완벽한 독단!

그러나 놀랍게도 클럽 내에서는 그런 구단주에게 불만을

품지 않았다.

왜냐면 그 구단주는 클럽의 주인이며, 인류의 영웅이자, 지금껏 한 번도 틀린 결정을 내린 적이 없었기 때문이다.

대신 감독과 코치진 사이에서 색다른 움직임이 보였다. 거의 뚫어져라 신수경의 훈련 데이터를 들여다보는 것.

그들도 궁금했던 것이다.

해외 클럽들도 주목하는 올해 최고의 유망주 신태경의 쌍둥이 누나라는 것 외엔 아무것도 특출한 게 없는 선수를 왜 그런 파격 조건에 10년이나 계약을 잡았을까?

구단주가 뭘 보고 그런 결정을 내렸는지 알고 싶어 했다.

"방금 이 장면."

가브리엘 감독이 분석 프로그램을 돌리며 코치진들과 영상을 보았다.

무려 5명이서 서문엽 한 사람과 치열하게 싸우는 영상.

경이로운 활약이지만, 구단주야 워낙 괴물이니 새삼 놀랍지도 않았다.

가브리엘 감독이 캐치한 장면에서는, 신수경이 서문엽에게 측면 기습을 가하고 있었다.

물론 서문엽은 한참 전에 예측했는지 간단히 피했다.

"기습한 뒤에, 초능력을 사용했어."

"허어, 정말 그러네요."

상대의 민첩성을 떨어뜨리는 신수경의 초능력.

보통은 미리 초능력을 걸고서 기습하는 게 정상이다.

그런데 기습에 실패한 이후에 초능력을 걸었다.

왜냐면 뒤이어 공격하는 박영민을 어시스트해 주기 위해서였다.

"어시스트를 해주기 위해서 초능력은 물론이고, 직접 몸을 날려서 이목까지 빼앗았네."

"훈련 영상의 대부분은 형편없지만, 하루에 한두 장면씩 센스 있는 플레이가 보입니다."

못하는 부분이 99.9%.

근데 빛나는 플레이가 0.1% 정도 있었다.

이는 명백한 재능의 향기였다.

서문엽의 분석안으로 따졌을 때, 현재 실력이 형편없어도 재능이 높으면 어쩌다 한 번씩 엄청난 센스를 보여주기도 하는 것이다.

반대로 현재 실력과 재능이 모두 형편없으면 어쩌다 한 번씩이라도 좋은 플레이가 안 나온다.

외국에서 영입되어 가브리엘 감독 사단이 된 코치들은 경이로워했다. 신수경이 아니라 서문엽에게 말이다.

"구단주는 신의 눈을 가졌어."

"정말 귀신이군."

"에이전트를 했으면 벌써 억만장자가 됐을 사람이야."

신수경을 주제로 시작된 분석이었지만, 영상에 나오는 다른 선수들도 눈에 안 띌 수가 없었다.

“사니야는 이미 괴물인데. 저 나이에 저 수준이라니. 파리 뤼미에르 BC에서 애지중지 케어하는 특급 유망주라고 해도 믿겠어.”

“이미 사니야의 고국에서는 천재라고 추앙받고 있지.”

“아직도 메이저리그나 프르미에 리그로 안 가고 우리 팀에 있어주다니, 기적이야.”

“개리도 슬슬 관록이 나타나기 시작하는군. 원래 원거리 딜러였던 사람처럼 플레이하고 있어.”

“특수 제작한 활이라더니, 정말 킬도 낼 수 있을 위력인데?”

“파울은 역시 단단해. 한때 명성 얻었던 값을 하고 있어.”

“구단주가 몰아치는데 저 정도 버티면 엄청 튼튼한 거야. 저렇게 잘 견뎌주는 탱커가 필요하지.”

“박영민의 화염검이 주는 임팩트도 대단하군. 박영민이 합류하고부터 구단주도 여유가 사라졌어.”

“작은 폭발을 일으키기 때문에 상체만 움직이는 회피로는 완전히 피할 수 없어. 그래서 바쁘게 움직이게 된 거지.”

대화 끝에 가브리엘 감독이 결론을 내렸다.

“이렇게만 보면 유럽의 강팀 같군. 정말 경이로운 일이야.”

클럽을 인수한 지 3년 차에 이런 팀을 만들다니 말이다.

“그래도 구단주의 가장 경이로운 영입은 역시 그 선수죠?”

“아, 그 선수지.”

갑자기 가브리엘 감독이며 코치들이며 모두 고개를 끄덕였다.

최동준 수석 코치는 절레절레 고개를 내저었다.

"조승호는 정말 알 수 없는 녀석이지."

영입할 땐 초능력이 2개였는데, 지금은 무려 4개!

조승호야말로 최고의 불가사의로 통했다.

*　　　*　　　*

선수들과 재계약을 단행한 YSM은 단숨에 KB—1 리그에서 가장 선수들의 평균 연봉이 높은 클럽이 되었다.

뜬금없이 고액 연봉을 받으며 나타난 신인 신수경, 그리고 빅 리그에서 건너온 베테랑 개리의 몸값 탓도 있었지만, 본질적으로 YSM에는 타 팀이 탐내는 선수들이 너무 많았다.

그 선수들을 붙잡으려다 보니 아무래도 돈이 많이 나갔다. 하지만 그런 선수들을 오랫동안 잡고 있게 되었으니 결코 손해가 아니었다. 서문엽이 발굴하고 키웠으니 선수들의 충성심도 있었고 말이다.

서문엽은 그런 선수들의 기량을 바짝 더 끌어올리기 위해 고군분투하고 있었다.

휴가를 반납하고 서문엽과 맞춤 훈련을 한 다섯 선수들.

그들은 제각각 결점이 하나씩 있었다.

경험이 모자란 데서 오는 미숙함.

베테랑인 개리도 원거리 딜러로 포지션을 변경하면서 플레이에 어색함을 느끼고 있었다.

그러나 다행히도 매일같이 서문엽이라는 괴물과 사투를 벌인 덕분에 그런 단점들이 빠르게 사라지고 있었다.

"좋아, 예측 사격이 많이 늘었네?"

5명에게 둘러싸여 싸우는 와중에 서문엽이 칭찬했다.

개리는 씨익 웃으며 대꾸했다.

"꼭 맞히고 싶은 인간이 있으니까."

"하하, 좋아. 원한은 좋은 원동력이 되지. 안 그래, 애송이들아?!"

서문엽은 다른 어린 선수들도 독려했다.

"박영민, 더 독하게 덤벼봐! PC방에서 나한테 처맞았던 걸 떠올리란 말이야! 그때 실은 이유 없이 그냥 널 패고 싶었어!"

"크아아악! 죽인다!!"

그때 일이 하필 인터넷 방송에 생중계되는 바람에 PC방 양아치라는 별명을 떨치기 힘들었던 박영민.

검에 화염을 둘러서 미친 듯이 그때의 원한을 승화시키는 박영민이었다.

가장 부족했던 검술이 이제 어느 정도 잡혀 있는 모습.

"아오, 왜 이렇게 안 맞아!"

분통을 터뜨리는 박영민.

서문엽은 계속 물러나 거리를 유지하며 웃었다.

박영민은 최근 훈련에서 크게 자극받았다.

이유는 함께 특별 훈련을 받는 신수경에게 자극받아서였다.

지금은 프로 무대에 잘 적응했지만, 여전히 헛되이 보낸 지난 세월을 자책하는 박영민. 그 탓인지 팀 동료들을 봐도 보고 배우자는 생각일 뿐, 경쟁심을 느끼진 않았다.

그런데 자신보다 어리고 어설픈 신수경이 하루가 다르게 쑥쑥 성장하니 경쟁심을 느낀 것이다.

효과는 대단했다.

신수경은 가브리엘 사단의 집중적인 지도로 근력, 민첩성, 속도, 지구력이 전체적으로 소폭 상승했다.

그러나 피지컬보다도 기술의 향상이 컸다.

57밖에 안 되던 전형적인 유소년 수준에서 64로 껑충 상승.

서문엽, 개리, 사니야, 파울 등 높은 레벨의 선수들과 함께 매일같이 싸우니 안 오를 수가 없었다. 아직 배울 게 많은 시기라 서문엽의 지적 하나하나를 스펀지처럼 빨아들였다.

그런 신수경에 자극받은 박영민도 이를 악물고 시간을 쪼개어 따로 연습까지 했다.

기술이 71에서 74로 상승.

1개월도 안 되는 짧은 시간에 이룬 성과였다.

거기다가 매일 실전에서 서문엽의 엄청난 템포를 쫓아가려고 애쓰다 보니 민첩성도 78에서 80으로 접어들었다.

그들과 비슷한 나이대인 파울 콜린스 역시 마찬가지.

“크압!”

파울 콜린스는 시기적절하게 계속 서문엽을 밀어붙이며 탱커로서의 존재감을 뿜었다.

어느새 근력을 96까지 다 채운 파울은 무척 셌다.

‘어디 한 번?’

서문엽은 순간적으로 근력을 증폭시켰다.

어느새 92까지 키운 서문엽의 근력이 증폭되어 무려 102가 되었다.

그런 엄청난 힘으로 파울과 부딪쳤다.

쿠우웅!

“큭!”

육중한 충돌음과 함께 파울이 신음했다. 하지만 순간적으로 자세를 낮추고 버텼기 때문에 밀리지 않았다.

‘좋아, 자세는 잘 잡혔군.’

이제 어디 가서 힘에서 밀려 무너질 일은 별로 없을 것이다.

증폭을 해제하자, 파울이 힘을 내어서 슬슬 서문엽을 밀어내기 시작했다.

순간, 사니야가 장창으로 찔러 들어왔다.

쿠웅!

방패로 막았지만, 근력 강화를 썼는지 엄청난 기운이 서문엽의 균형을 흔들었다.

파울도 함께 밀고 있으니 서문엽은 뒷걸음질을 칠 수밖에 없었다.

그때.

팟!

화살이 날아와 땅에 박혔다.

땅에 박힌 화살에 뒷걸음치던 서문엽의 뒷발이 걸렸다.

"큭!"

의외의 일격에 균형이 무너진 서문엽이 허우적거렸다.

이윽고.

콱!

아까부터 조용히 기회를 엿보던 신수경이 서문엽의 옆구리를 찌르는 데 성공했다. 그녀의 초능력 '둔화'에 걸린 탓에 피할 타이밍을 놓쳤다.

결국 데스당해서 접속이 해제된 서문엽.

접속 모듈에서 나온 신수경이 동료들과 함께 환호성을 질렀다.

"꺄악! 죽였다! 제가 킬했어요!"

이번 특별 훈련에서 신수경이 기록한 첫 킬이었다.

"저 괴물 구단주도 사람이긴 했군."

파울이 중얼거렸다.

그들은 5인이 덤볐는데도 좀처럼 서문엽에게 이기지 못했다.

원체 강한 데다가 속도까지 빨라지니, 위기에서 빠져나가는 스피드가 무척 빨라 잡기 힘들었다.

지형지물을 활용한 두뇌 플레이도 발군.

던전을 계속해서 바꿔가며 다양한 환경에서 싸웠는데, 그때마다 서문엽은 던전에 최적화된 움직임을 보여줬다.

그나마 5인의 실력과 호흡이 늘어난 덕에 이제는 종종 이기는 경우도 생겼다.

“방금 화살 좋았는데?”

서문엽이 개리를 칭찬했다.

“덕분입니다. 이제 원거리 딜러가 뭔지 조금 알 것 같거든요.”

개리는 겸손을 표했다.

기술이 79/92에서 오랫동안 정체됐었던 개리는 포지션 변경의 효과로 마침내 80의 벽을 돌파했다. 현재는 83/92. 나이는 있지만, 원거리 딜러로서는 이제 시작이었으니 앞으로도 계속 성장할 터였다.

‘이제야 좀 쓸 만해졌네.’

서문엽은 만족감을 느꼈다.

일전에 파리 뤼미에르 BC의 훈련에 참여했던 경험을 기준으로 삼았다. 이제야 파리의 일류 선수들에 비해서도 크게 모자라지 않게 되었다.

개개인의 능력치야 약간 모자랐지만, 5인의 호흡이 좋았다. 베테랑인 개리가 잘 이끈 덕분이었다.

'특별 훈련 하는 동안 오더를 담당해서 그런지 리더십과 전술이 크게 늘었네.'

—리더십 71/76

—전술 83/86

개리 윌리엄스는 그간 기술도 늘긴 했지만, 리더십과 전술의 성장이 두드러졌다.

특히 한국어가 더 늘었다.

그동안 YSM에 올 것에 대비해 한국어를 공부했다는데, 실전을 통해 지시 정도는 원활하게 전달할 수 있게 되었다.

본래는 지시를 잘 알아듣기 위해 공부했는데, 본인이 직접 지시를 내리면서 확 는 것이다.

'시야도 넓고 리더십과 전술도 높고, 무엇보다 팀의 최고 베테랑이라…….'

YSM은 노정환이 떠나면서 주장, 메인 오더 자리가 공석이었다.

물론 서문엽이 맡아도 되지만, 서문엽은 다른 선수가 맡길

원했다. 그래야 자신에 대한 의존도가 그나마 떨어지기 때문이다.

"개리."

"예."

"네가 주장과 메인 오더를 맡아라."

"제가요?"

개리가 흠칫 놀랐다.

"전 이제 막 합류한 외국인 용병인데요?"

"가장 경험이 많잖아. 네가 해."

"으음."

잠시 고민하던 개리는 이윽고 입을 열었다.

"메인 오더는 오케이."

"주장은?"

"부주장을 맡죠. 주장은 당연히 당신입니다."

"음……."

이번엔 서문엽이 고민하게 되었다. 그런 그에게 개리가 말했다.

"절 영입할 때 약속했지요? 내가 오면 당신도 매 경기에 출전하겠다고요."

"그랬지."

"당신과 호흡을 맞춰보고 싶어서 왔습니다. 그래야 내 실력이 늘 테니까. 당신이 없는 KB-1 리그는 내 선수 인생의 시간 낭비일 뿐입니다."

주장 자리까지 남에게 맡겨놓고 놀지 말라는 요구였다.

"내가 매 경기 출전하기 시작하면 게임이 안 될 텐데."

서문엽이 곤란하다는 듯이 말하자, 개리는 씨익 웃었다.

"당신이 말했잖아요. KB—1 리그는 제 새 포지션 적응을 위한 연습용이라고."

서문엽은 훈련실에 달린 거울을 통해 자신을 바라보았다.

—대상: 서문엽(인간)

—근력 92/91

—민첩성 98/99

—속도 94/95

—지구력 95/96

—정신력 110/111

—기술 105/106

—오러 105/106

—리더십 100/101

—전술 100/101

—초능력: 분석안, 던지기, 불사, 증폭, 영혼 연성

근력은 물론, 속도와 지구력도 소폭 상승한 현재의 능력치. 104였던 기술마저도 특별 훈련 덕분에 105로 1 늘었다.

아무런 약점이 없다.

인간이길 거부한 이 능력치는 예언의 괴물과 싸울 날을 대비해 키워온 결과물.

살아생전의 만인릉 황제를 목표로 삼고 있으므로 아직 멀었지만, 배틀필드 스포츠에서는 적수가 없는 레벨이었다.

"매 경기 일방적인 학살이 날 텐데. 다른 팀들의 원성이 빗발쳐도 난 책임 못 진다?"

* * *

휴가가 끝나고 선수들이 클럽하우스에 나타나 슬슬 다음 시즌을 준비하기 시작했다.

"안녕하세요, 구단주님."

"오냐, 어서들 와라."

서문엽은 선수들과 인사를 나눴다. 그러다가 문득 피곤해 보이는 최정민을 발견했다.

"넌 잘 쉬다 온 놈이 어째 안색이 안 좋냐? 너도 어디에서 특별 훈련이라도 했냐?"

"글이 잘 안 써져요."

"응?"

서문엽은 무슨 개소리냐고 하려다가, 최정민이 작가 지망생임을 기억했다.

"시놉시스는 다 짜놨는데 이상하게 컴퓨터 앞에 앉아 있으면 글이 안 써져요."

"그쪽 분야는 잘 모르겠지만, 그거 그냥 재능이 없는 거 아니냐?"

"그럴 리가요!"

최정민이 역정을 냈다. 애써 부정하고 싶은 듯했다.

"네 표정은 이미 인정한 것 같은데."

"그, 그렇지 않아요. 전 선수 생활 은퇴하면 작가가 될 거라고요! 기껏 구단주 형님 자서전을 쓸 권리까지 얻었는데!"

자서전 대필을 맡기겠다는 약속은 선수로 꼬드기려고 내세운 조건이었다.

근데 지금 보니 선수 하라고 꾀길 잘한 듯했다. 정말 작가하겠다고 나섰으면 막상 글은 못 쓰니 인생 망할 뻔했다.

서문엽은 최정민의 등을 툭툭 두드려 주었다.

"자자, 이제 네 재능이 어느 쪽에 있는지 깨달았으니까 선수 생활에 집중하자."

"크윽, 내 언젠가는……."

"그래그래, 선수 생활 마치고 나면 형이 코치도 시켜줄게."

서문엽의 따스한 위로에 최정민은 정신적으로 점점 죽어갔다.

—대상: 최정민(인간)

—근력 71/71

—민첩성 81/81

—속도 68/68

—지구력 57/57

—정신력 80/90

—기술 83/87

—오러 63/63

—리더십 32/37

—전술 89/95

—초능력: 관찰

'이놈 정신력이 10이나 떨어졌네. 안 그래도 피지컬 달려서 두뇌로 플레이해야 하는 놈이.'

속도, 지구력, 오러가 낮은 최정민.

오직 높은 기술과 '관찰'로 똑똑한 플레이를 해야 하는 스타일이다. 그런 녀석이 정신력이 떨어지면 경기력에도 악영향이 온다.

다행히 최정민 외에는 다들 상태가 좋았다.

마지막으로 조승호와 이나연이 나란히 들어왔다. 절친인 두 사람은 이번 휴가 때 함께 유럽 여행을 다녀왔다고 하는데, 둘 다 얼굴에 일하기 싫다고 쓰여 있었다.

새로운 초능력 '투명화'를 각성하면서 비싼 몸이 된 조승호는 서문엽에게 당당히 말했다.

"구단주님, 아무리 생각해 봐도 숙소 인근의 환경이 너무 열악합니다."

"뭐 인마? 편의점도 있고, 사달라는 거 다 대신 쇼핑해 주는 관리인들도 있잖아."

심지어 요번에 선수가 늘어나면서 빌라를 추가로 몇 채 더 지었다.

물론 여왕의 측근 지저인인 '관측'을 불러다가 복사·붙여넣기를 했지만, 어쨌거나 건축 자재로 비용이 많이 들었다.

선수들의 편의를 봐주는 선수 관리 팀 직원들의 월급은 어디 땅 파면 나오나?

나름 꾸준히 선수 복지에 투자하고 있는 서문엽은 울컥했다.

"부족한 게 뭔데?"

그러자 선수들이 한마디씩 했다.

"교통."

"술집."

"아내가 평소에 운동할 만한 헬스클럽이 있었으면 좋겠다고……."

"아버지가 주변을 산책하시려다가 산속에서 길 잃으실 뻔했습니다."

"저는 수영장이요!"

"영화관!"

"여자……."

여기저기서 쏟아져 나오는 불만!

꿀 먹은 벙어리가 된 서문엽은 곰곰이 생각하다가 말했다.

"그래, 그렇다면 너희들에게 제안을 하마."

선수들이 모두 흥미를 갖고 서문엽을 바라보았다.

"이번 시즌부터는 나도 열심히 경기에 출전할 거야. 아주 한 경기당 20킬씩 올려서 리그를 초토화시키려고 한다."

"헐……."

"한 세트당 10킬씩? 근데 구단주님이라면 가능할 것 같다……."

그동안 다른 선수들의 출전 기회 및 성장을 위하여, 혹은 귀찮아서 출전을 잘 안 했던 서문엽.

그러나 개리의 요구로 이번 시즌은 열심히 선수로 뛰기로 했다. 어차피 월드 챔스에 대비해서 서로 팀워크를 다질 필요도 있었다.

"이번 시즌에 나를 제치고 MVP를 차지할 때마다, 그 사람이 지어달라고 하는 시설을 지어주겠다."

"진짜요?"

"헐, 근데 너무 빡세잖아."

"아냐, 피에트로 형님이 계셔!"

서문엽은 피에트로를 가리키며 단호히 말했다.

"피에트로는 제외."

피에트로는 별반 반응이 없었다. 평소처럼 아무 관심도 없는 표정이었다.

선수들은 다시 원성을 쏟아냈다.

그러나 원성은 이윽고 투지로 변했다.

"그래, 시즌 내내 MVP 한 번을 못 할까?"

"이놈의 산속에 문명의 이기를 들여놓고 말겠다."

"도로 좀 정비해라! 스포츠카 있으면 뭐 해! 타이어 걸레짝 되겠네!"

이는 연고지의 문제가 아니라, 하필이면 산지에 위치한 클럽하우스 탓이었다. 으슥한 곳에 위치한 폐공장을 인수해 개조한 탓에 그 영향이 후신인 YSM에도 고스란히 이어지고 있었다.

수많은 불만 사항을 들으며 서문엽은 이를 갈았다.

'선수들이 오고 싶어 하는 클럽을 만들기란 멀고도 험하구나.'

이래서야 세계적인 선수를 영입하기가 아직 힘들었다.

"MVP가 되고 싶다면 제 말에 집중해 주십시오."

뒤늦게 나타난 가브리엘 감독이 말했다.

그는 스크린에 PPT 자료를 띄워놓고 능숙하게 프레젠테이션을 시작했다.

"배틀필드 경기는 크게 세 가지로 나뉩니다."

스크린에 세 단어가 나타났다.

사냥.

전투.

견제.

이 중 전투는 양 팀이 자웅을 겨루는 대규모 한 타 싸움을 뜻했다.

"예전에는 전투의 비중이 매우 컸지만, 최근에는 사냥과 견제 등도 중요해지기 시작했습니다. 탱커들마저 빠른 기동성을 갖춰야 하는 최근 추세가 그러하지요."

선수들은 고개를 끄덕였다.

작년 월드 챔스에서 결승전까지 올라간 파리 뤼미에르 BC와 베를린 블리츠 BC가 이를 증명했다.

트렌드에 구애받지 않는 베를린 블리츠도 기동성에 비중을 두기 시작했으니까.

"그동안 우리 YSM은 3요소를 균형 있게 추구했지만, 이는 수준이 낮은 KB—1 리그였기 때문에 가능한 일이지요. 여러분들은 이미 리그 수준을 훌쩍 뛰어넘었다고 판단하고 있습니다."

이윽고 스크린에 세계적인 빅 클럽들의 로고가 나타났다. 다들 월드 챔피언스 리그에 단골 출장하는 명문들이었다.

"세계 레벨에서 우리 팀은 어떤 플레이를 하게 될까요? 적어도 프로리그에서 하던 것처럼 하지는 못할 테지요."

"……."

이윽고 나타난 경기 영상.

이는 중국전에서 서문엽이 활약하는 영상이었다.

"예시로 대한민국 대표 팀 대 중국 대표 팀의 경기를 보여드리죠. 여기서 한국은 우리 구단주님을 비롯한 몇 명의 선수와 함께 적극적으로 견제에 나섰습니다. 3요소 중 견제에 치우쳤죠. 왜 그랬을까요?"

"당하지 않으려고 먼저 때린 거죠."

최정민이 말했다.

"경쟁력 있는 선수가 구단주 형님 외엔 별로 없었기 때문입니다."

조승호도 덧붙였다.

둘 다 전술이 89, 88의 수재들이었다.

가브리엘 감독은 고개를 끄덕였다.

"맞습니다. 그렇다면 기본적으로 견제는 시도하는 쪽이 유리할까요?"

"그건 아니지."

개리가 대꾸했다.

견제란 실패하면 손해를 입는다.

견제를 하러 가기까지의 동선과 시간 낭비도 감수하는 일이니 말이다.

빅 리그에서는 견제를 막아내는 수비력이 기본적으로 강했다. 기동성이 강조된 만큼 견제도 활발해졌기 때문에, 당연하게도 견제에 대한 수비도 철저했다.

개리가 이 부분을 설명하자, 빅 리그에 대해 잘 모르는 어린 선수들은 호기심을 드러냈다.

"그렇습니다. 세계 레벨에서 견제란 성공을 확신하고 가는 것, 혹은 어쩔 수 없이 가는 것입니다. 적이 빠르게 강해지고 있기 때문에 억제하려고 어쩔 수 없이!"

마지막 말을 강조한 가브리엘 감독은 설명을 이었다.

"우리는 상대 팀이 견제를 올 수밖에 없게 만들어야 합니다. 그리고 그 견제를 잘 방어해야 합니다. 월드 챔스에서 경쟁력을 갖기 위한 최소한의 요건입니다."

그 말에 개리가 주먹을 불끈 쥐었다.

'그래서 날 영입한 거구나!'

그 역시 전술 83의 수재.

자신이 어떤 역할을 해야 하는지 감이 왔다.

서문엽이 약속한 대로, 자신이 맡은 역할은 아주 컸다.

스크린에 PPT가 다음 화면으로 전환되었다.

YSM의 네 선수 이름이 적혀 있었다.

이나연.

개리 윌리엄스.

조승호.

심영수.

그리고 서문엽.

"때에 따라 인원 변동은 있지만, 이 다섯 선수가 그 핵심 역할을 맡습니다."

"빠른 사냥과 시야 장악!"

개리가 확신을 담아 말했다.

가브리엘 감독은 미소로 화답했다.

"맞습니다. 원거리 딜러가 많으므로 빠른 사냥이 가능합니다. 우리의 사냥 속도가 빠르니, 적은 견제를 하러 와야 합니다."

이나연과 개리는 활을 쓰므로 대인전보다 사냥에 특화되어 있다.

심영수 또한 '폭발 구체'로 괴물들을 몰아서 잡을 수 있다.

서문엽은 말이 필요 없는 사냥의 스페셜리스트.

이들이 뭉치면 필시 엄청난 사냥 속도가 나타난다.

"넓은 지역을 시야에 두고 있으면, 적이 견제를 오는 걸 알아차릴 수 있죠. 미리 알아차렸으면 방어도 어렵지 않습니다."

던전에서 5배의 시력을 갖는 개리와 엄청난 기동력으로 광활한 정찰 범위를 가진 이나연.

그리고 투명화로 주요 지역에 숨어서 적을 관찰할 수 있는 조승호까지.

이들 셋은 시야 장악에도 특화된 조합이었다.

그들의 팀워크가 절정에 다다른다면, 두 가지 측면에서 세계적인 레벨을 구축할 수 있는 것이다.

'감독이 정말 구상을 잘했어.'

시야 장악을 해야 하는 개리와 조승호는 전술 수치가 아주 높다. 적이 어디서 올지 예측을 잘한다는 뜻이다.

이나연 또한 65/83으로 전술 쪽에 재능이 있었다. 어디를 정찰해야 할지 영리하게 파악할 줄 안다.

서문엽과 심영수는 사냥 속도를 높이고, 사냥 포인트를 몰아 받아 대인전 경쟁력을 키운다.

심영수는 '폭발 구체' 외에도 '속박' 같은 대인전 경쟁력이 있었기 때문에, 장기적으로 키워줄 가치가 충분했다.

'피에트로야 초능력에 오러 소모가 너무 커서 사냥에는 별로 맞지 않지.'

사냥 포인트를 몰아주지 않아도 워낙 초능력이 강력하기 때문에 성장에 신경 쓸 필요가 없다는 장점도 있긴 했다.

이처럼 YSM을 세계적인 클럽으로 만들어줄 전력과 전술 구상이 갖춰졌다.

그간의 노력이 결실을 맺기 시작한 것이다.

"프리시즌 동안 이 전술을 연마합니다. 그리고 최종적으로는 베를린 블리츠를 상대로 테스트해 볼 겁니다."

가브리엘 감독의 폭탄 선언에 선수들이 모두 경악했다.

그랬다.

프리시즌에 시범 경기를 하자고 엘레 카사 감독으로부터 연락이 왔었다.

그런 강팀과 경기를 경험할 기회였으므로 당연히 수락했다.

"명문 클럽을 상대로 우리가 얼마나 할 수 있을지 좋은 판단 지표가 되겠지요."

선수들은 그 말에 긴장감을 느꼈다.

팀의 목표가 월드 챔스라는 것을 모르는 선수는 없었다.

베를린 블리츠 BC 같은 엄청난 명문을 상대로 형편없는 플레이를 펼쳤다간, 팀의 구상에서 제외될 수도 있다.

"그럼 슬슬 훈련을 시작할까요?"

가브리엘 감독의 말에 선수들이 벌떡 일어났다.

다들 훈련하고 싶어 죽겠다는 표정들.

열정 가득한 그 모습을 흐뭇하게 바라보는 구단주. 그러다가 아무 의욕 없는 피에트로를 발견하고는 눈엣가시처럼 여겼다.

'저 자식, 뭐라고 할 수도 없고!'

연봉 1억 원이라는 헐값에 부려먹고 있으므로, 좀 더 열정을 보이라고 강요할 수도 없는 노릇이었다.

*　　　*　　　*

특이하게도 YSM의 오더 체계는 투 트랙으로 나뉘었다.

대인전은 개리.

사냥은 조승호.

그리고 서문엽은 그 두 사람에게 방침을 내려주는 CEO 같은 역할을 했다.

조승호는 사냥에 직접 참여하지 않으므로, 멀리 떨어진 곳에서 사냥 지역 전체를 살필 수 있다. 사냥감이 어디에 많은지 보며 계획을 짜고, 때로는 시야 전달로 디테일한 지시도 한다.

사냥 때보다 훨씬 긴박한 대인전 상황은 개리가 통제한다. 적당히 거리를 두고 전황을 살피면서도, 조승호와 달리 싸움에 참여하므로 지시에 보다 현장감이 실린다.

물론 조승호가 전투에 참여 안 한다고 신뢰를 못 받는 건 아니다.

그렇지만 급박한 상황에서 팀원들이 본능적으로 따르게 만드는 장악력이 부족하다. 함께 싸우지 않으므로 공감이 부족한 것.

그런 상황만 아니면, 조승호의 오더는 충분히 신뢰가 있었다. 지모가 있는 조승호는 팀의 사냥 운영을 총괄하는 일에 적임자였다.

조승호의 높은 전술 수치를 이용할 수 있어서 서문엽도 만족했다.

전술 측면에서는 최정민도 우수했지만, 이 작가 지망생은 리더십이 너무 낮았다. 글이 안 써진다며 제 정신력이나 더 까먹지 않으면 다행이다.

'그래도 이렇게 보면 참 좋은 선수들로 차 있단 말이야.'

직접 고르고 키운 탓일까.

서문엽은 선수들이 하나같이 귀하고 애착이 갔다.

기분 좋아진 서문엽은 선수들에게 공표했다.

"베를린과의 평가전에서 이기면 바(Bar)를 만들어주마!"

"오오!"

"드디어 술 마실 곳이 생기나!"

"아니, 근데 상대가……."

선수들의 사기가 올랐다.

물론 실은 서문엽도 술을 마음껏 퍼마실 곳이 필요했다.

이 산속에서 딱히 즐길 오락거리도 없으니, 바를 만들어주면 왠지 술이 불티나게 팔릴 것 같았다. 막말로 안 팔리는 술은 서문엽이 죄다 마셔 버리겠다는 마인드였다.

* * *

YSM의 평가전은 많은 팬들이 기다려 왔다.

개리 윌리엄스와 파울 콜린스가 합류하면서 더 강해진 팀을 구경하고 싶었기 때문이다.

팬들은 서문엽과 피에트로까지 모두 출전한 완전체 경기력을 보고 싶어 했다.

그리고 YSM은 기대에 부응했다.

첫 평가전은 남아프리카 공화국의 한 클럽을 초청해서 치렀다. 조직력은 몰라도 개개인의 역량은 한국보다 뛰어난 강팀이었다.

그러나 멋지게 격파.

엄청난 스피드로 사냥을 하며, 습격을 온 팀대 팀을 역으로 함정에 빠뜨려 괴멸시켰다.

1, 2세트 MVP는 도합 16킬 1어시를 기록한 서문엽이었다.

다음 평가전은 캐나다의 리그 우승 클럽이었다.

한 타 싸움이 특기인 그들은 초반부터 팀원 전체가 적진으로 조금씩 이동하며 압박하길 즐겼다.

그래서 YSM은 한 타 싸움을 받아주었다.

결과는 대승.

1, 2세트 MVP는 역시나 서문엽이었다.

피에트로도 한 타 싸움에서 대량의 포인트를 땄지만, 서문엽이 악착같이 킬을 쓸어 담았다.

선수들은 혀를 내둘렀다.

“와, MVP 절대 안 내주네.”

“MVP 뺏어가 보라고 시위하는 것 같아.”

“한 타 싸움 때 킬 다 가져가려고 악착같이 마무리하는 거 봤어? 어휴!”

선수들은 약 올라서 더욱 전의를 불태우게 되었다.

탈아시아 수준의 저력을 과시한 YSM은 팬들의 열광을 받았다.

개리와 파울이 합류하니, 서문엽이 혼자 하드캐리하지 않아도 팀플레이의 수준 자체가 높아졌다며 기뻐했다.

이는 또 다른 효과를 가져왔다.

KB-1 리그의 다른 클럽들도 활발하게 선수 영입에 열을 올린 것이다.

이러다가 YSM에게 학살당할 판이니, 최소한 경기다운 경기라도 할 수 있도록 전력 보강을 해야 했다.

그들도 YSM의 운영을 본받으면서, 선수 육성에 대해 보다 더 심도 깊은 연구를 하게 되었다. 한국에서도 잘 찾아보면 유망주가 있다는 것을 YSM이 보여줬으니까.

그리고 마침내 그날이 왔다.

* * *

베를린에 도착했다.

베를린 블리츠 BC와 평가전을 치르기 위하여 초청된 것이다.

YSM의 입장에서 이런 세계적인 강팀과의 평가전은 귀중한 경험이었다. 거금을 주며 부탁해도 들어줄까 말까인데, 다행히 베를린 블리츠도 YSM에 관심이 많았다.

서문엽이나 피에트로 외에도 사니야, 조승호 등 눈길 가는 선수가 있어서 데이터 수집 겸 초청한 것이다. 특히 엠레 카사 감독은 서문엽이 한 번 목표로 삼은 것은 어떻게든 이루고야 마는 성격을 알기 때문에 월드 챔스에서 만날 때를 대비해서 미리 체크해 두는 목적도 있었다.

"와, 내일 베를린 애들하고 붙네."

"1.5군 아닐까?"

"그렇겠지? 새로 영입한 선수나 리저브에서 콜업한 선수도 있는데 테스트해 보겠지."

"다니엘 만츠도 출전하는 거 아냐?"

세계 최강 팀과의 대결을 앞두고 선수들은 다들 긴장된 상태였다. 그래서 서문엽은 자유 시간을 주며 놀다 오라고 내보냈다.

그리고 본인은 가브리엘 감독, 파울 콜린스와 함께 베를린 블리츠의 클럽하우스로 향했다.

파울 콜린스는 1년 임대일 뿐 소속은 여전히 베를린 블리츠였으므로 인사차 동행했다.

그곳에서 엠레 카사 감독을 만날 수 있었다.

"여, 월드 챔스 잘 봤다. 아깝더라?"

"질 만했으니까 졌지."

엠레 카사 감독은 덤덤히 대꾸했다.

서문엽은 고개를 끄덕였다.

"알긴 아네. 사실 질 만했어. 운이 좋아서 5세트까지 간 거지."

옆에서 듣고 있던 파울 콜린스는 충격받은 표정이 되었다. 감히 엠레 카사 감독에게 저런 소리를 직설적으로 하는 사람은 처음이었다.

그러나 엠레 카사 감독은 덤덤했다.

"그래서 이번 이적 시장이 상당히 바빴지."

"오, 분노의 영입을 막 질렀다는 소문은 들었지."

우승을 놓친 베를린 블리츠는 이번 이적 시장에서 영입 러시를 단행했다.

다니엘 만츠, 슈란 외에 새로운 공격 옵션을 창출하기 위해서였다.

엠레 카사 감독은 파리 뤼미에르의 메인 탱커 치치 루카스를 노렸고, LA 워리어스의 '아이리시 위저드' 로이 마이어까지 찔러봤다.

파리 뤼미에르야 선수 관리를 담당하는 필립 모로가 '헛소리는 딴 데 가서 하라'는 핀잔을 하며 끝났지만, LA 워리어스는 벌집을 건드린 꼴이었다.

가뜩이나 팀의 부진에 화가 나 있던 로이 마이어가 '월드 챔스 우승을 원하는 팀에 가고 싶다'고 발언하는 바람에 난리가 난 것이다.

우승을 원하면 이리 오라며 파리 뤼미에르가 손짓하고, 함께 옛 영광을 되찾자고 뉴욕 베어스도 유혹했다. 먼저 찔러봤던 베를린 블리츠야 말할 필요도 없었다.

하지만 결과적으로는 LA 워리어스가 월드 챔스에 도전하겠다면서 대대적인 리빌딩에 나섰다.

그동안 선수 보강에 돈을 쓰기 싫어서 구시대적인 '파워 게임' 전술을 고집한 LA 워리어스인데, 로이 마이어를 잃느니 리빌딩에 투자하기로 작심한 것.

결국은 이적 시장에 또 다른 큰손이 나타나 베를린 블리츠의 경쟁 상대가 된 셈이었다.

이렇듯 엠레 카사 감독은 월드 클래스 선수를 영입하려고 이적 시장을 뒤흔들었다.

베를린 블리츠와 LA 워리어스가 영입할 선수를 찾아 눈에 불을 켜고 다니는 탓에 클럽들은 자신들의 핵심 선수를 빼앗길까 봐 몸살을 앓았다.

"어쩐지 LA 워리어스 놈들이 계속 연락을 하더라니."

서문엽이 인상을 찌푸렸다.

아무도 안 판다고 못 박았는데도, 자꾸 LA 워리어스 측이 연락하면서 피에트로나 사니야를 달라며 큰 이적료를 제시하는 것이었다.

피에트로야 어차피 이쪽 일에 아무 관심도 없었지만, 야망이 많은 아이인 사니야는 눈을 빛내며 한때 흔들렸다.

"서문 아저씨! 로이 마이어가 함께 월드 챔스 우승을 노려보자고 이메일 보냈어요!"

사니야가 그렇게 거들먹거리는 통에 서문엽은 식은땀을 흘리며 말려야 했다.

너 거기 가면 로이 마이어 따까리 된다, 네가 거기서 아무리 잘해봐야 로이 마이어만 부각된다, 그 팀은 월드 챔스 나가는 게 당연한 일인데 우리 팀에서 진출하면 전설이 된다는 등등.

온갖 말로 설득해 간신히 사니야를 잡아놓을 수 있었다.

결국 마지막에는 '장난이고 안 떠나요'라는 사니야의 말 한마디만 돌아와서 분노가 솟구쳤지만 말이다.

"그래서, 좋은 선수 좀 영입했어?"

서문엽의 물음에 엠레 카사 감독은 득의양양한 표정으로 고개를 끄덕였다.

"2명 건졌다. 중국 쪽과 커넥션이 생긴 덕분에."

"중국 커넥션?"

"소개하지. 너도 아는 선수들일 거다."

서문엽 일행을 안으로 안내한 엠레 카사 감독은 전술 훈련 중이던 선수들을 소개했다.

다니엘 만츠가 가장 먼저 눈에 띄었다.

"또 오셨네요. 이번에도 견학인가요?"

다니엘 만츠의 말에 서문엽도 씨익 웃어주었다.

"겸사겸사지. 내일 경기 끝나면 또 술 마시며 너희 감독 험담이나 할까?"

"하하, 좋죠."

다니엘 만츠는 유쾌하게 웃었다.

"왔네?"

슈란도 다가왔다. 서문엽을 보는 시선이 곱지 않았다.

"넌 왜 늘 볼 때마다 불만 가득한 표정이야? 엠레 카사가 잔소리해?"

그 말에 엠레 카사 감독이 서문엽을 눈엣가시처럼 쳐다보는 것은 물론이었다.

"천만에. 너보다 훨씬 좋은 스승인걸."

"다행이네. 많이 늘었더라. 오구오구, 잘했어요."

서문엽은 슈란의 머리를 토닥였다. 슈란은 눈살을 찌푸렸지만 그 손길을 뿌리치진 않았다.

"네가 맨손으로 내 소멸 광선을 막는 장면이 계속 TV에 나와. 페널티로 위력이 감소하지 않았으면 그렇게 막을 수 없었을걸."

"에이, 피차 페널티 없으면 나야 좋지. 난 안 죽는데."

분해서 부들거리는 슈란과 계속 입씨름을 하고 있을 때였다.

엠레 카사 감독이 두 중국인 선수를 데려왔다.

낯이 많이 익었다.

"엇?"

여유롭던 서문엽의 얼굴이 경악에 물들었다.

중국 대표 팀의 주장이자 창술의 달인인 저우린과 무중력과 중력 조작으로 허공을 활보하는 젊은 선수 첸진이었다.

저우린이 웃고 있지만 도전적인 눈빛으로 서문엽에게 인사를 건넸다.

"오랜만입니다."

"너희가 여기에 왜 있어?"

"한국에 두 번이나 패배하고서 자성의 목소리가 있었습니다. 우리가 너무 우리의 방식만 고집했기에 한국에게 추월당했다고요. 그래서 밖으로 나가 더 큰 무대에서 경험을 쌓기로 했습니다."

"슈란 선배님과 함께 호흡을 맞출 수 있으니 이곳이 가장 제격이었죠."

"으음……."

서문엽은 당혹감을 느꼈다.

저우린과 첸진.

저우린이야 세계에서 알아주는 창술가이고, 첸진도 중력을 거스르며 지형지물에 구애받지 않고 움직일 수 있어 전술적 활용도가 높은 선수였다.

하필이면 중국에서도 가장 실력이 좋다고 느꼈던 두 선수가 베를린에 합류했다.

중국은 초인들의 해외 유출을 지극히 꺼리고 있어서 법적 규제가 까다롭다고 했는데, 엠레 카사 감독이 수완을 발휘한 모양이었다.

“내일 평가전이 기대되는군.”

엠레 카사 감독은 득의양양하게 말했다.

어떠냐.

이제 다니엘 만츠에 의존하지 않고도 여러 가지 옵션이 생겼다.

그렇게 말하는 듯한 표정이었다.

서문엽은 가브리엘 감독을 쳐다보며 이길 수 있는 대책이 있냐는 눈빛을 보냈다.

당연히 베를린의 선수 영입에 대해 다 알고 있었던 가브리엘 감독은 ‘설마 정말로 이기려고 했습니까?’라는 표정을 짓고 있었다.

*　　　*　　　*

다음 날.

“와아아아아아!!”

“블리츠! 블리츠! 블리츠!”

7만여 명의 관중이 가득 찬 경기장에 양 팀의 선수들이 입장했다.

사방에서 쏟아지는 어마어마한 함성에 YSM의 몇몇 선수들은 기가 질렸다.

평가전이 시작되었다.

세계적인 강팀을 상대로, YSM의 저력을 확인해 볼 기회였다.

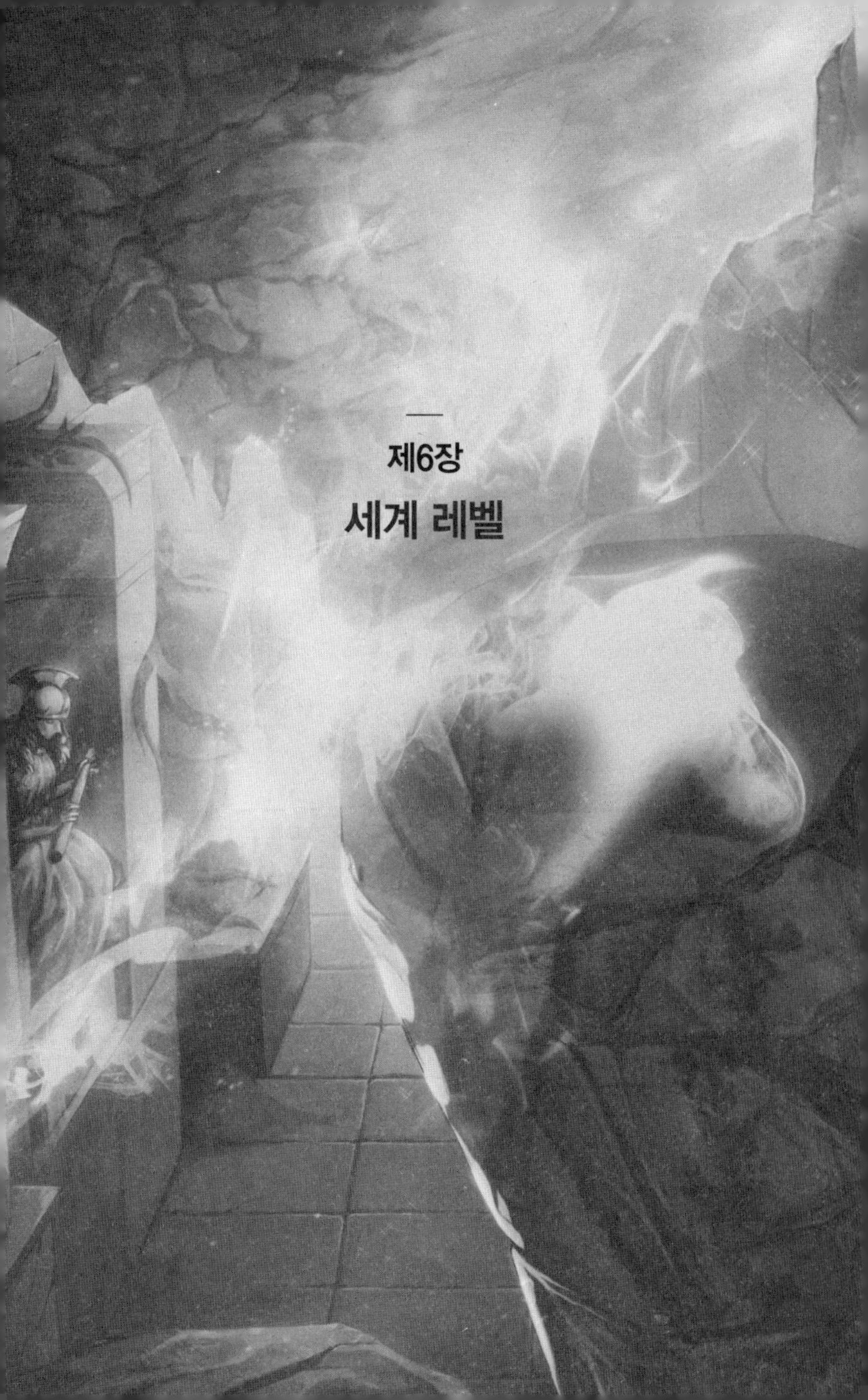

제6장
세계 레벨

평가전은 아주 성황이었다.

베를린 블리츠 BC의 달라진 모습을 보고 싶어 하는 서포터들, 그리고 서문엽과 피에트로의 경기력이 궁금했던 이들로 경기장은 만원이었다.

“강팀은 기본적으로 사냥 속도가 빠르다.”

접속 모듈로 들어가기 전에, 서문엽이 말문을 열었다.

“특히 정석적인 팀은 사냥이 더 빨라. 왜냐? 포지션이란 본래 사냥을 기준으로 역할을 나눈 거거든. 즉, 걔네는 사냥이 무지 빠르다는 뜻이겠지?”

서문엽은 이어 말했다.

"그런데, 우리가 더 빨라. 더 빨라야 해. 그게 우리가 준비한 이번 시즌 전략의 근간이야. 알았어?"

"옛!"

"좋아, 말뿐인지 보겠어."

그렇게 선수들은 던전에 접속했다.

YSM에서 출전한 선수 명단은 다음과 같았다.

탱커: 서문엽, 파울 콜린스, 최혁.

최혁과 김진수 둘 중 하나를 놓고 고민했다.

근력 90, '내구력 강화'가 있어 잘 버티는 전 메인 탱커 최혁.

지구력 88, '희생'으로 서문엽 같은 주요 선수의 목숨을 +1 해줄 수 있는 서브 탱커 김진수.

결국 가브리엘 감독은 최혁을 택했다.

상대가 세계 최강 팀 베를린 블리츠 BC다. 일단은 맞아도 버틸 수 있는 탱커가 필요하다고 보았다.

근접 딜러: 사니야, 남궁지훈, 박영민.

신수경과 최정민을 제외했다.

신수경이야 이제 막 영입된 신인이니 당연했고, 최정민은 남궁지훈과 함께 누굴 내보낼지 고민했다.

둘 다 피지컬 달리는 건 마찬가지였으니까.

탁월한 검술의 남궁지훈.

상대의 약점을 관찰로 파악하는 최정민.

고민 끝에 남궁지훈이 선택받았다.

남궁지훈의 초능력 '보호'는 동료에게도 걸어줄 수 있다. 보다 유기적인 방어가 가능해진다. 공격에 특화된 최정민보다는 방어가 더 필요했다. 상대가 강팀이니까.

원거리 딜러: 개리 윌리엄스, 이나연.

마법형 원거리 딜러: 심영수, 피에트로.

서포터: 조승호.

활잡이 개리와 이나연은 빠른 사냥의 핵심이었다.

또한 심영수도 마찬가지.

심영수는 멘탈과 전술적 이해력이 문제였지, 그것만 빼면 빅 리그에서도 통할 재능이 있었다.

마법형 원거리 딜러에게 중요한 3요소가 있는데, 속도·오러·초능력이다.

접근하는 적을 따돌리는 속도.

강한 파괴력으로 아군의 화력을 담당할 초능력.

그런 초능력을 계속 쓸 수 있는 오러양.

심영수는 그 3가지를 준수하게 충족한다. 또한 2가지 약점도 어느 정도는 극복했다.

—대상: 심영수(인간)

—근력 60/66

—민첩성 73/73

—속도 85/85

—지구력 68/68

—정신력 45/60

—기술 70/73

—오러 85/85

—리더십 11/23

—전술 46/46

—초능력: 폭발 구체, 속박

79였던 속도가 85까지 꽉 찼다. 빅 리그를 기준으로도 상당히 빠른 편이다.

26밖에 안 되던 정신력이 45까지 오른 것은 큰 성과였다. 아직 높다고 보기는 힘들지만, 멘탈 쓰레기였던 예전보다는 한결 낫다.

선술 또한 19에서 46으로 올랐다.

전술 이해도가 단점 중 하나였기 때문에 가브리엘 감독이 중점적으로 교육시킨 덕분이었다.

'낮은 정신력으로 강팀 상대가 되려나?'

서문엽은 살짝 걱정이 들었다.

단순히 괴물을 상대할 때보다 같은 인간끼리 싸울 때가 훨씬 정신적으로 힘들다. 특히 상대가 강팀이면 정신적 압박이 더 들어올 텐데, 그 점에서 우려가 됐다.

하지만 가브리엘 감독의 결정이고, 심영수가 빠른 사냥에 크게 일조하기 때문에 어쩔 수 없었다.

"심영수."

"예."

"명심해. 사냥할 때는 폭발 구체, 사람을 상대할 때는 속박."

"예."

심영수는 지겹게 들은 얘기라 가볍게 대꾸했다.

"정신적으로 압박받는다고 무턱대고 폭발 구체를 던지면 안 된다?"

"알았다고요."

심영수의 대답에 살짝 짜증이 어렸다.

"이 새끼, 너 지금 짜증 냈냐?"

"아, 아뇨."

그러면서도 '괜히 시비야' 하고 아주 작게 구시렁거리는 심영수였다.

경기가 시작되었다.

1세트, 던전은 검은 숲.

식물형 괴물과 그들과 공생하는 맹수형 괴물들의 숲. 맹수형 괴물들이 사냥감을 뜯어먹고, 남은 잔해는 식물형 괴물들의 양분이 된다.

충분한 영양분이 없을 때는 식물형 괴물들이 맹수형 괴물들마저 잡아먹는다.

그 탓에 숲에 살아남은 맹수형 괴물들은 식물형 괴물들도 잡아먹지 못할 정도로 강력한 것들뿐이다.

지저인의 취향답게 지저분한 약육강식으로 구성된 던전인 것이다.

까다로운 점은, 숲에 난 길이 수시로 변한다는 점이다.

왜냐면 숲의 일부인 식물형 괴물들이 자리를 옮겨 다니며 길을 바꾼다. 숲에 들어온 먹잇감들이 길을 잃고 못 빠져나가게 만드는 것이다.

그래서 이곳에서 가장 먼저 해야 하는 점은 정찰로 길이 어떻게 변하는지 관측하는 일이다.

"사냥조가 앞서 움직이고, 본대는 천천히 뒤따른다. 이나연 먼저 가서 괴물들을 몰아."

"네!"

서문엽의 지시에 이나연이 앞으로 뛰어나갔다.

이나연이 길을 가로지르자 매복해 있던 맹수형 괴물들이

뛰쳐나왔다. 이나연은 화살을 쏘며 괴물들을 유인했다. 우르르 뒤쫓는 괴물들을 거느린 채 이나연은 멀찍이 사라졌다.

"이동!"

서문엽, 개리, 심영수, 조승호가 이나연이 열어준 길로 빠르게 움직였다.

나머지 본대는 천천히 뒤따르며 인근에 숲의 일부로 위장한 식물형 괴물들을 정리하기로 했다.

앞서간 서문엽 일행은 길을 가다가 엄청난 크기의 거목(巨木)을 발견했다.

"조승호, 이 위에서 관측하고 오더 해."

"옛!"

조승호는 거목을 기어오르기 시작했다.

나무뿐만 아니라 암벽 같은 다양한 지형을 기어오르는 훈련을 받은 조승호는 쉽사리 올라갔다. 높은 곳에 올라가 주변 관측 및 사냥 오더가 임무인 탓이었다.

나무 꼭대기에 도달한 조승호가 이윽고 사냥 오더를 시작했다.

—이나연, 그대로 3시 방향으로 꺾어. 나머지는 100미터 앞 지점에서 괴물들 맞이하세요.

—오케이.

이윽고 이나연이 맹수형 괴물들과 함께 나타났다.

이나연이 유인해 온 괴물들은 일행의 사냥감이 되었다.

콰르릉!

심영수가 폭발 구체를 쏘았다. 괴물들 한복판에서 폭발해서 수많은 괴물이 죽거나 다쳤다.

“한 방 더!”

서문엽의 외침에 심영수가 폭발 구체를 한 발 더 쐈다.

콰르르릉!

괴물들의 진형이 많이 흐트러졌다.

개리가 화살을 쏘기 시작했다. 합금 장궁은 엄청난 힘으로 화살을 날려서 괴물들을 꿰뚫었다.

이나연도 점프를 뛰며 화살을 사방에 있는 괴물들에게 난사했다.

“한 방 더!”

콰르릉!

폭발 구체가 또다시 괴물들을 강타.

괴물들의 기세가 다소 수그러들었다.

비로소 서문엽의 차례가 왔다.

콰직! 뻑! 콰지지직!

창으로 꿰고, 방패로 후려치고, 또 창으로 찌르고.

서문엽은 괴물들을 닥치는 대로 살육했다.

한 방에 한 마리씩 시체가 쌓여갔다.

개리의 화살에 맞아 비틀대는 녀석도 때려죽이고, 독이 올라 이나연을 쫓던 놈도 창을 던져 죽였다.

표범을 닮은 녀석이 서문엽에게 뛰어올라 아가리를 쩌억 벌렸지만.

빼어억!

서문엽은 그 아가리에 방패를 물려주었다. 격렬하게.

괴물에게는 한없이 잔인하고 무자비한 서문엽이었다.

전쟁 시절을 거친 서문엽의 사냥은 배틀필드 시대의 선수들보다 훨씬 거칠고 난폭하고 과감한 측면이 있었다. 그리고 무지막지하게 빨랐다.

'근력이 세지니까 개편하네.'

서문엽이 선두에서 살육하다시피 하고, 개리와 이나연이 화살을 쏴서 보조한다.

그 결과 그 많던 괴물이 빠르게 정리되었다.

—다 같이 전진. 이나연은 빠르게 9시 방면 길로 가서 시계 방향으로 돌며 괴물을 몰아와.

조승호가 다음 오더를 내렸다.

그렇게 그들은 빠른 속도로 사냥을 했다. 사냥 포인트는 서문엽과 심영수가 몰아 갖는 구조였다.

천천히 뒤를 따르는 6인의 본대도 숲을 휘저으며 식물형 괴물들을 토벌했다. 맹수형 괴물들은 이미 다 쓸어버린 뒤라 편하게 움직일 수 있었다.

마침내 본대는 1구역의 보스 몹인 심층근수를 처치했다.

심층근수는 외견은 평범한 나무이지만, 빙산의 일각처럼

땅속에서는 뿌리가 점점 자라는 식물형 괴물이다. 영역에 영양분이 들어오면 뿌리들을 지상에 뻗어 공격한다.

본체가 땅속 깊이 있는 뿌리이기 때문에 상대하기 까다로운데, YSM은 피에트로가 있었다.

영령들을 소환해 단번에 처치해 버린 것이다. 물리적 제한이 없어 땅속도 마음대로 드나들며, 영혼에도 타격을 입히기 때문에 심층근수는 맥없이 쓰러졌다.

—검은 숲 서부 1구역이 붕괴됩니다. 60초, 59초, 58초, 57초…….

YSM의 엄청난 사냥 속도를 증명하는 안내 메시지가 던전에 울려 퍼졌다.

*　　*　　*

"뭐? 벌써?"

메인 오더를 맡아 팀을 이끌던 다니엘 만츠는 화들짝 놀랐다.

검은 숲 서부는 YSM, 동부는 베를린 블리츠 BC가 시작한 방면이다.

그들은 동부 1구역과 2구역에서 동시에 사냥을 진행 중이었는데, YSM이 벌써 서부 1구역을 정리했다는 안내에 경악했다.

—1구역은 심층근수가 있는 데잖아? 그거 숨통 끊기가 까다로운데.

—저 녀석들 페이스가 너무 빠른 거 아냐?

동료들도 놀라움을 표했다.

다니엘 만츠는 일단 차분하게 설명했다.

"심층근수는 취약점을 공략할 수 있는 초능력이 있으면 토벌이 어렵지 않아. 그런데 그렇다고는 해도 벌써 1구역을 전부 다 정리한 건 페이스가 아주 빠른 것 같네."

"서문엽은 괴물 사냥의 달인이야. 마음먹고 사냥 속도를 올렸다면 따라잡기 힘들어."

함께 있던 슈란이 말했다.

다니엘 만츠는 그 말에 동의하면서 엠레 카사 감독이 사전에 했던 당부를 떠올렸다.

"저쪽은 시야 장악이 원활하고, 원거리 딜러 4명에 희한한 능력을 가진 서포터가 1명이다. 견제를 할 바에는 차라리 과감하게 쳐라."

'확실히 원거리 딜러가 많으니 섣불리 견제를 가도 실패할 위험이 높지.'

다니엘 만츠는 곰곰이 생각했다.

YSM의 약점은 뭘까?

그것은 이미 결론이 나와 있었다.

강력한 선수와 약한 선수가 혼재된 선수 편성이었다.

강점과 약점이 극단적으로 나뉘어서 서로를 보완해 주고 있다.

그렇다면.

"조금 이르긴 한데. 승부를 보자."

다니엘 만츠가 결정을 내렸다.

이윽고 베를린 블리츠의 선수들이 11명 전원 검은 숲 서부로 건너갔다.

몇 명만 보내는 견제가 아니라, 전원이 총공격하기로 한 것이다.

실패 위험이 큰 과감한 승부수지만, 상대가 비교적 약팀이므로 시도할 수 있는 일이었다.

"한 타 싸움이 아니야. 적들이 한곳에 모이면 서로 단점을 상호 보완해 주기 때문에 우리도 힘들어져."

다니엘 만츠가 계속 말했다.

"적이 세 무리로 나뉘었을 때, 그 셋을 일시에 들이친다. 그 때까지는 참고 기다려."

베를린 블리츠 선수들은 서문엽 일행이 있는 곳을 최대한 피해 우회 이동했다. 조승호, 개리, 이나연처럼 시야 확보가 잘되는 선수들을 피해 가야 발각되지 않기 때문이다.

마침내 기회가 왔다.

YSM의 본대 6인이 3명씩 짝지어 흩어져서 사냥하는 모습이 포착된 것이다.

여기까지 들키지 않고 오느라 베를린 블리츠도 상당한 시간을 낭비했다. 그동안 사냥을 못 했기 때문에 이 총공격에 성공하지 못하면 극히 불리해진다.

하지만 그들은 모두 자신이 있었다.

자신들은 하나같이 월드 클래스 스타들이었고, YSM은 듣도 보도 못한 한국 신인들이 즐비했으니까.

"저쪽 3명은 저우린과 첸진이 맡고, 피에트로가 있는 쪽은 슈란 일행이, 나는 서문엽을 맡을게."

다니엘 만츠가 인원 배분을 했다.

슈란은 소멸 광선을 막을 수 있는 서문엽에게 약하고, 자신은 소환술로 광범위한 공격을 하는 피에트로의 초능력에 취약하다고 판단한 배분이었다.

잠시 후, 베를린 블리츠가 일시에 YSM을 덮쳤다.

견제가 아니었다. 세 무리 모두 공격받은 총공세였다.

경기장도 후끈 달아올랐다.

베를린 블리츠 선수들이 전원 조심스럽게 잠입했을 때는 긴장감에 숨죽이고 있던 관중들. 들키면 역으로 위험해지는 상황이었는데, 무사히 들키지 않고 기습을 펼치자 비로소 열광했다.

*　*　*

세 곳에서 일제히 격전이 펼쳐졌다.

일시에 기습을 받은 YSM의 선수들은 당했다, 견제다, 도와 달라, 소리쳤다가 다른 쪽도 공격받은 것을 알고 혼란이 왔다.

—저우린, 1킬.

—슈란, 1킬.

우왕좌왕하는 것을 수습한 사람은 서문엽이었다.

"정신 차려! 본대는 서로 합류하고, 개리, 이나연은 본대 쪽으로 달려가서 도와!"

—엣? 여긴요?

이나연이 놀라서 물었다.

개리와 이나연이 떠나면 이곳은 서문엽과 심영수만 남는다. 조승호는 이 상황에서 쓸모없고 말이다.

"내가 알아서 할 거야!"

서문엽은 눈앞에 대치 중인 다니엘 만츠 일당을 보며 투지를 불태웠다.

초능력 '스프린트'로 돌입하려던 다니엘 만츠는 같은 타이밍에 서문엽이 창을 던지려 하자 멈칫했다.

눈치 싸움으로 다니엘 만츠를 멈춰 세운 서문엽은 4명이나 되는 베를린 블리츠 선수들과 대치했다.

소수이니 이쪽은 최대한 오래 버티는 게 답이었다.

다니엘 만츠 측도 눈살을 찌푸렸다.

시간을 지체하면 안 되는데, 서문엽의 기세가 무서웠다.

그 뒤에 있는 심영수라는 선수는 '속박'으로 상대의 발목을 붙잡을 수 있는 원거리 딜러였다.

속박에 이은 서문엽의 일격이라면 1데스가 순식간에 나버리는 것이다.

그런데 그때였다.

대치 상태를 깬 것은 다름 아닌 심영수였다.

"으아아!"

심영수가 고함을 지르며 폭발 구체를 던진 것이었다. 위기감을 느꼈을 때 반사적으로 펼치는 안 좋은 습관이 발동된 것.

그걸 맞아줄 베를린 블리츠 선수들이 아니었다.

콰르릉!

폭발을 피해 흩어진 베를린 블리츠의 선수들.

흩어진 김에 그들은 삽시간에 에워싼 형태로 사방에서 달려들었다.

폭발 구체를 썼으니, 속박을 펼치기까지 시간이 걸릴 거라는 계산이었다.

뒤늦게야 자신의 실수를 깨달은 심영수가 속박을 펼치려 했지만.

슥.

갑자기 앞으로 잡아끌리는 듯한 힘의 작용에 심영수는 휘청거렸다. 다니엘 만츠가 '당기기'로 흔든 것이다.

결국.

파직!

—게오르그 하셀, 1킬.

근접 딜러의 도끼에 맞아 속절없이 데스당했다.

"이런 젠장맞을."

심영수가 맥없이 당하자 서문엽은 욕지거리를 했다. 하지만 지체하지 않고 오른쪽에 있는 탱커에게 돌진했다.

전형적인 클래식 탱커였다.

근력이 97이나 되며 민첩성도 80, 기술은 92.

—충격 감소: 공격받을 시 충격을 절반 이하로 줄인다.

베를린 블리츠의 탱커다운 능력치였다. 근력에 초능력이 더해지니 서문엽이 달려들어도 전혀 겁내지 않았다.

서문엽은 창을 내질렀다.

그러나 페이크.

창을 거두고 바로 방패로 후려친다.

그러나 상대도 예상한 듯 방패를 회수해 옆구리를 막았다.

쿵!

방패끼리 충돌하며 묵직한 소음을 냈다.

하지만.

"……!"

탱커는 깜짝 놀랐다.

뒤이어 서문엽이 발차기를 한 것이다.

높이 뻗어 올라가는 하이 킥.

탱커는 방패를 들어 얼굴을 가렸지만.

팟!

서문엽의 왼발은 엄청나게 높이 올라가며 방패 위로 치솟았다.

이윽고.

'증폭, 근력에.'

102로 증폭된 근력!

그대로 위에서 아래로 탱커의 머리통을 내리찍었다.

뻐어억!!

"커억!"

'충격 감소'로 대미지를 줄였음에도 탱커는 비틀거렸다.

"뒈져, 새꺄!"

서문엽은 창으로 비틀대는 탱커를 찔렀다.

순간, 다니엘 만츠가 '당기기'로 서문엽의 오른손을 붙잡았다.

서문엽은 흠칫했지만, 반사적으로 창을 손에서 놓으며 '던지기'를 펼쳤다.

창이 '던지기' 판정을 받아서 날아가 탱커에게 꽂혔다.

—서문엽, 1킬.

다니엘 만츠의 저지에도 불구하고 거둔 1킬이었다.

만만치 않다는 걸 느꼈는지 다니엘 만츠도 표정이 굳었다.

"내가 잡을 테니 죽여!"

다니엘 만츠는 서문엽을 향해 두 손을 뻗었다.

'밀기'와 '당기기'를 동시에 펼쳤다.

순간 서문엽은 두 발이 꽉 붙잡힌 채 움직일 수가 없었다.

"간다!"

심영수를 처치한 근접 딜러 게오르그 하셀이 2킬을 올리려 달려들었다.

파아아앗!

들고 있는 도끼에 모든 오러를 집중시킨다.

최혁과 동일한 '오러 집중'이다.

다만 게오르그 하셀은 오러 능력치가 무려 92라 82인 최혁과 파괴력이 전혀 달랐다.

"오케이, 자신 있으면 들어와 봐!"

서문엽도 방패에 오러를 집중시켰다.

'오러 집중' 같은 초능력은 없었지만, 오러 컨트롤이 비약적으로 상승한 뒤로는 전 오러를 한곳에 집중시키는 게 어렵지가 않았다.

그걸 모르는 것이 게오르그 하셀의 패착이었다.

'증폭, 오러에.'

순간적으로 방패에 집중된 오러양이 비약적으로 증가했다.

도끼와 방패가 격돌했다.

꽈아아아아앙!!

충격파가 일대를 뒤흔들 정도로 강렬한 충돌이었다.

"크헉!"

감당할 수 없는 충격을 받은 게오르그 하셀은 온몸이 붕뜬 채 뒤로 날아가 버렸다.

"저럴 수가!"

다니엘 만츠는 경악하고 말았다. 게오르그 하셀의 오러 집중이 얼마나 강력한지 잘 알고 있었기 때문이다. 그런 그가 저렇게 일방적으로 밀릴 줄은 몰랐다.

"크하하! 좆밥 새끼, 뒈져!"

서문엽은 나동그라진 게오르그 하셀에게 창을 던졌다.

세차게 날아간 창은.

푸욱!

다니엘 만츠의 '밀기'에 의해 살짝 옆으로 비켜나 땅에 꽂혔다.

킬 찬스를 빼긴 서문엽은 눈살을 찌푸렸다.

"이 쥐새끼 같은 놈이. 너부터 죽여주마!"

서문엽이 다니엘 만츠에게 달려들었다. 속도가 무려 94라 엄청난 속도로 거리를 좁혔다.

"으왁!"

기겁한 다니엘 만츠는 '스프린트'를 펼쳐 쏜살같이 달아났다.

하지만 서문엽은 다니엘 만츠를 쫓으려던 게 아니었다.

그대로 냅다 아군 본대 쪽으로 달려가는 것이었다.

"쫓아!"

속았음을 깨달은 다니엘 만츠가 소리쳤다.

그사이에 비보가 계속 들렸다.

—슈란, 2킬.

—슈란, 3킬.

혼전 속에서 아주 슈란만 신난 꼴이었다.

"피에트로 살아 있어?"

—그렇다.

혼전 속에서도 매우 덤덤한 피에트로의 목소리.

그나마 다행이었다.

"공간 이동으로 조승호한테로 가!"

조승호에게 오러를 충전받으면 피에트로가 초능력을 마음껏 난사할 수 있기 때문에 내린 결정이었다.

"살아 있는 녀석들 전부 승호가 있는 곳에 집결해! 이나연은 엄호 사격 하다가 마지막에 빠져나가!"

이미 5명이나 죽었으므로 살아 있는 선수라고 해봐야 얼마 되지 않았다.

사니야와 피에트로가 개리와 함께 도주.

그들의 도주를 돕기 위해 마지막까지 남아 있던 이나연은 그야말로 '점프'로 이리 뛰고 저리 뛰며 미친 듯이 활약했다.

땅과 공중에서 계속 화살을 3발씩 난사하니 천하의 베를린 블리츠의 선수들도 성가셔서 추격에 방해받았다.

그 대가로 이나연이 위태로워졌지만, 서문엽이 달려가 구출했다.

—서문엽, 2킬.

시야가 가려지는 숲에서 창에 회전을 먹여 던지니, 상대측 선수가 미처 발견 못 하고 데스당했다.

그 바람에 베를린 블리츠 측이 주춤한 틈을 타서 이나연이 몸을 뺐다.

"이제 됐어! 철수!"

멀리서 다니엘 만츠의 말이 들렸다.

베를린 블리츠의 선수들 9인은 썰물처럼 빠져나갔다.

YSM의 남은 인원은 고작 6인.

그것도 전투 능력이 없는 조승호를 제외하면 5인이었다.

수적의 차이도 많이 나니, 시간이 흐를수록 더 격차가 커질 것이다.

6인이 성장하는 것보다 9인이 성장하는 속도가 훨씬 빠르기 때문이다.

"추격한다."

서문엽이 결단을 내렸다.

"조승호는 피에트로와 딱 붙어 다녀. 사니야, 개리, 이나연은 내 뒤에 붙고. 똘똘 뭉쳐서 한 타 싸움을 열면 이길 수 있다."

"옛!"

서문엽 일행이 추격을 개시했다. 6인의 결사대는 결판을 짓고야 말겠다는 필사의 각오였다.

하지만.

"안 싸워주면 되지."

베를린 블리츠를 이끄는 다니엘 만츠는 한 타 싸움을 피해 철저하게 도망 다녔다.

도망치는 와중에도 사냥을 하며 사냥 포인트를 쌓아나갔다.

단기결전의 계획은 실패로 돌아갔고, 양측의 격차는 점점 벌어졌다.

결국 경기가 중반에 이르러서야 베를린 블리츠가 일제히 덮쳤다.

슈란이 소멸 광선으로 피에트로를 처치한 것이 가장 컸다.

서문엽은 다수의 적과 싸우느라 소멸 광선으로부터 보호해 줄 수가 없었다.

그렇게 1세트는 YSM의 패배로 끝이 났다.

점수는 4—0.

베를린 블리츠도 경기가 끝났을 때 생존자가 불과 4명이었다.

서문엽이 총 4킬 1어시를 거두며 맹활약했고, 사니야도 1킬, 피에트로가 죽기 전에 영령들을 잔뜩 소환해 2킬을 거둔 것이다.

"와아아아!!"

"멋진 경기다!"

"YSM도 생각보다 잘하는데?"

"서문엽 엄청나게 세!"

경기장에 모인 베를린 블리츠의 팬들은 분전한 YSM에게도

박수를 보냈다.

더그아웃으로 돌아가니 벤치에 앉아 고개를 푹 숙이고 있는 심영수가 눈에 띄었다.

이미 자신의 실책을 잘 알기 때문에 자괴감에 빠져 있는 모습이었다.

서문엽은 뚜벅뚜벅 그에게 걸어갔다.

"얌마."

"……."

"뭐 할 말 없어?"

"…죄송합니다."

심영수는 저기압인 목소리로 작게 대꾸했다.

서문엽은 빙긋이 인자한 미소를 지었다. 사고 치기 직전의 표정이었다.

"사과 한마디 툭 던지면 끝이네?"

"……."

아직 반응이 없는 심영수.

서문엽의 이마에 핏대가 솟았다.

"쿨하다? 나도 기분 안 좋으니까 그만합시다, 이거야?"

"그런 거 아니에요."

그때까지도 심영수는 사태의 심각성을 잘 못 느꼈다.

빽!

"억!"

서문엽의 발길질에 뒤로 날아가 벽에 튕겨 발라당 엎어진 뒤에야, 심영수는 정신이 번쩍 들었다.

덥석!

서문엽은 심영수의 목을 틀어쥐고 번쩍 들어 올렸다.

"커억! 컥!"

한 손에 목이 잡힌 채 매달린 심영수는 안색이 창백해졌다.

"야, 이 좆만 한 새끼야. 내가 우스워? 기분 안 좋으니까 건들지 마세요, 같은 분위기를 내고 있으면 내가 네 눈치 볼 줄 알았냐? 네 애미 애비는 그랬나 보지?"

소멸 광선이 쏘아질 것 같은 두 눈동자가 이글거리며 그를 노려보았다.

"컥! 커헉!"

심영수는 숨이 막혀 대답도 못 했다. 목뼈가 부러질 것만 같았다. 어차피 대답하라고 물은 말도 아니었다.

"뒈지고 싶냐? 이 좆같은 새끼가 감히 내 지시를 어겨? 폭발 구체 사람한테 쓰지 말랬지? 난 던전에서 내 말 안 들은 새끼를 살려둔 적이 없어, 토막 내서 개 먹이로 줄 새끼야!"

지옥에서 올라온 악마처럼 끓어오르는 듯한 목소리.

심영수는 공포에 젖었다.

내가 대체 무슨 짓을 한 걸까. 후회와 함께 지난 인생이 주마등처럼 스쳤다. 진심으로 살해당하기 1초 전 같았다.

"너 2세트도 출전한다. 내가 똑똑히 지켜볼 거야. 기분 안 좋아져서 2세트 경기력도 개판이다? 그땐 내 손에 살해당한다. 알아들어?"

심영수는 간신히 고개를 끄덕였다.

그제야 서문엽은 심영수를 내려주었다.

그리고 분노가 수그러든 목소리로 물었다.

"자, 어때?"

"…예?"

"베를린 애들이 나보다 더 무서워?"

"아뇨."

지옥의 문을 잠시 열었다가 닫은 심영수는 정신없이 고개를 저었다.

"그럼 걔들한테 쫄아서 폭발 구체 난사하는 일이 다시는 없겠네?"

"예!"

군기가 잡힌 심영수는 대답이 우렁찼다.

"위기 상황에서 폭발 구체를 쓰는 버릇은, 거하게 폭발이나 일으키면 자기가 뭐라도 하려 했다고 관중들한테 변명할 수 있어서다. 운 좋게 폭발에 적이 1명이라도 휘말리면 실적도 올릴 수 있겠거니, 하는 요행을 바라는 수다."

서문엽의 말이 이어졌다.

"하지만 그때 네가 해야 할 일은 속박이야. 속박으로 동료가 킬을 내게 연계 플레이를 해야 해. 침착하기만 했으면 네가 충분히 할 수 있는 플레이였어."

서문엽은 심영수의 어깨를 툭툭 치며 말했다.

"적이 강하고 두려울 땐, 항상 네 뒤에 내가 있다는 걸 기억해."

서문엽답지 않은 따듯한 격려에 심영수는 흠칫 놀랐다. 하지만.

"나한테 맞아 뒈지는 거랑 비교하면 별거 아니잖아. 안 그래?"

"…예."

결국 격려가 아닌 협박!

심영수는 2세트에서 영혼이 실린 플레이를 펼치겠노라고 결심했다.

*　　　*　　　*

"역시 한국 클럽은 아직 3탱커는 무리입니다."

가브리엘 감독이 결론을 내렸다.

서문엽도 고개를 끄덕였다.

"진수 넣어서 4탱커 가자."

"예. 구단주님과 최혁에게 가짜 탱커 롤을 부여하죠."

최혁은 '내구력 강화' 외에도 공격에 좋은 '오러 집중'이 있어서 한때 근접 딜러로 뛰었었다.

그런 최혁에게 보다 공격적인 플레이를 요구하고, 대신 방어는 서브 탱커인 김진수가 더 보충해 주기로 했다.

김진수를 투입하는 대신, 근접 딜러 중에서 남궁지훈을 제외시켰다.

—대상: 남궁지훈(인간)

—근력 65/65

—민첩성 73/75

—속도 79/80

—지구력 63/63

—정신력 85/85

—기술 88/95

—오러 79/79

—초능력: 보호

그동안 나름대로 발전이 있었지만 역시 피지컬의 한계가 너무 뚜렷했다.

한국에서야 기술 88로 커버 가능했으나, 세계 레벨에서는 무리였다. 1세트에서도 그저 '보호'를 동료에게 걸어주는 서포터로 전락했다.

'기술 95를 다 채우면 '보호'와 함께 나름 먹힐 텐데, 그 전에는 무리야.'

결국 남궁지훈은 기술 95를 다 채운 검술의 달인이 되기 전까지는 세계 무대에 세우지 않기로 했다.

그 이야기를 들려주니, 남궁지훈은 침통한 표정으로 고개를 끄덕였다.

"열심히 노력하겠습니다."

"그래, 검술만 파라. 넌 그것만이 희망이야."

"예."

남궁지훈도 오늘 넘을 수 없는 피지컬의 벽을 느꼈기에 서문엽의 충고에 동의했다.

가브리엘 감독은 선수 교체 외에도 새로운 대책을 하나 더 내렸다.

"초능력을 보다 적극적으로 쓰면서 사냥한다. 1세트보다 훨씬 빠르게. 소모된 오러는 조승호가 오러 전달로 보충해 주고. 조승호?"

"예!"

"20%의 오러만 있어도 할 건 다 할 수 있지?"

"예."

"좋아. 그러면 오러양이 20% 밑으로 하락하기 전까지는 동료들에게 오러 전달을 해주도록."

본래 조승호의 오러 전달은 피에트로를 위한 것이었다.

피에트로가 오러를 충전받아서 초능력을 더 펼칠 수 있으면, 이론적으로 그게 최고의 효율이다.

하지만 가브리엘 감독은 생각을 달리했다.

"피에트로는 오러가 고갈될 때까지 초능력을 다 펼치고 또 충전받을 여유 같은 게 없을 것 같다. 그러니 조승호의 오러 전달을 아예 시작부터 활용하기로 한다."

1세트도 피에트로는 간신히 한 번 초능력을 펼쳤다.

전투에서 조승호가 끼어들 여지도 없었다. 모습을 드러내자마자 킬당할 판이다.

그럴 바엔 차라리 사냥 속도를 올리는 데 미리 써먹자는 발상이었다.

"물론 모두가 초능력을 남발하라는 뜻은 아니다. 초능력을 적극적으로 써서 사냥 포인트를 몰아 가지는 사람은 이 셋이다."

가브리엘 감독은 화이트보드에 세 선수의 이름이 적힌 자석을 배치했다.

서문엽, 사니야, 심영수.

"이 셋은 적극적으로 사냥 포인트를 따서 시작부터 빠르게 성장해 상대 팀보다 더 우월함을 갖도록 한다. 그러면 1세트와 같은 상황이 되어도 보다 강력하게 반격할 수 있는 경쟁력이 생기지."

서문엽은 고개를 끄덕였다.

1세트 때, 서문엽이 사냥 포인트를 더 획득해서 성장한 상태였더라면, 분명 킬을 더 많이 낼 수 있었을 터다. 그랬으면 경기 양상도 달라졌으리라.

“저쪽은 지금 견제보다는 대규모 전투로 승부수를 띄운 움직임을 보였는데, 아예 초반부터 우리가 빠르게 성장하면 저들도 더는 그렇게 과감하게 나오지 못할 것이다. 그때는 우리 쪽에서 견제를 펼치면서 압박한다.”

화이트보드에 붙여진 던전 지도에 선수들을 계속 배치하면서 어떻게 운영해야 하는지를 보여주는 가브리엘 감독.

YSM의 선수들은 정신을 똑바로 차리고 그 설명을 머릿속에 새겨 넣었다. 서문엽이 심영수에게 난리를 친 것 때문에 다들 긴장감이 바짝 들었다.

*　　　*　　　*

“서문엽은 예상보다 강하다.”

엠레 카사 감독이 입을 열었다.

베를린 블리츠 BC도 마냥 발랄한 분위기는 아니었다.

1세트 MVP를 받은 다니엘 만츠도 평소와 달리 표정에 여유가 없었다.

“일단 1세트의 경기력은 칭찬해 주마. 판단부터 움직임까지 아주 좋았어. 적이 세 무리로 쪼개질 때까지 기다렸다가 덮친 판단도 좋았고, 저우린과 첸진도 빠르게 움직여 작전을 잘 수행해 주었다.”

엠레 카사 감독은 칭찬으로 시작했다.

새로운 이적생 저우린, 첸진은 원하는 대로 새로운 공격 옵션이 되어주었다.

적을 일제히 덮치는 대규모 기습 때, 이 두 사람은 빠른 발로 재빨리 이동해서 어려운 작전을 잘 수행해 주었다. 그들의 빠른 기동력이 아니었더라면 움직이는 데 더 시간이 걸렸을 터였다.

하지만.

"다만 평소였다면 압승으로 끝났을 경기가 꽤 길어졌지. 말할 것도 없이 이 녀석 때문이다."

스크린에 나타난 서문엽의 1세트 플레이 영상.

근접 전투든 원거리 투창이든 가리지 않고 킬을 내는 가공할 플레이.

"아돌프 권터."

호명된 아돌프 권터가 흠칫했다.

그는 서문엽의 발차기에 쓰러지고 창에 1킬을 당한 탱커였다.

"서문엽을 상대해 보니 어떤 느낌이 들었나?"

그 물음에 아돌프 권터는 안심했다. 무력하게 데스당한 것을 질책당하는 게 아니었기 때문이다.

"발차기가 미처 예상치 못한 각도에서 들어와 당했습니다만, 사실 제 '충격 감소'로 견딜 수 있을 줄 알았습니다."

아돌프 권터는 대미지를 50% 감소시키는 충격 감소 초능력을 펼칠 수 있어서 웬만해서는 킬을 내주지 않는 튼튼한 클래식 탱커였다.

그런데 서문엽의 위에서 아래로 내리찍는 발차기를 못 견디고 뒤로 쓰러지고 말았다.

"보통의 상황에서는 견뎠겠지."

"예. 예상 못 했던 탓도 있지만……."

"역시 생각보다 힘이 강했지?"

"예, 발에 실린 힘이 무서울 정도였습니다."

"그래, 이게 원인이다."

엠레 카사 감독은 영상 속의 서문엽을 툭툭 치며 말했다.

"예상보다 강하다. 계속 강해지고 있는 것은 이미 확인된 바였지만, 직접 붙어보니 근력이 더 붙은 게 느껴지는군. 예전과는 달리 상대와 근접해서 싸우는 데에 전혀 망설임이 없어."

본래 서문엽은 자신이 들고 있는 창 길이만큼의 거리를 두고 싸우는 것을 선호했다. 힘이 약했기 때문에 가까이 붙어 있으면 불리했기 때문.

그러나 이제는 달랐다.

아돌프 권터 같은 탱커를 상대로도 가까이 붙어서 몰아붙였다.

"피에트로는 슈란이 잘 견제하고 있다고 보여지는데, 서문엽이 문제군. 다니엘?"

"예, 감독님."

다니엘 만츠가 대답했다.

"서문엽을 상대해 보니 어땠나? 제어할 수 있겠어?"

그 물음에 다니엘 만츠는 곤란한 표정이 되었다.

"꼭 해야 한다면 하겠지만, 솔직히 버거운데요."

"버겁다?"

다니엘 만츠는 고개를 끄덕였다.

"달리는 속도도 엄청 빨라져서 스프린트로도 따돌리기가 쉽지 않아요. 따돌린다 해도 창을 던지고, 페인트를 걸어도 전혀 안 속고……."

다니엘 만츠의 플레이의 핵심은 바로 타이밍이다.

허를 찌르는 타이밍에 적진에 파고들어서 '밀기'와 '당기기'로 적 포메이션을 망가뜨려 놓는다.

'밀기'와 '당기기'는 거리가 가까울수록 위력이 강해지기 때문에 서포터임에도 적에게 접근하는 것이다.

바로 그 타이밍을, 서문엽은 조금도 내주지 않았다.

접근하면 죽이겠다는 눈치만 계속 줘서, 다니엘 만츠는 멀리서 '밀기', '당기기'를 해야 했다. 당연히 위력은 반감됐다.

"솔직히 나단보다 상대하기 어려운데요. 걔는 속일 수라도 있지, 서문엽은 안 속아요. 완전 제 천적 스타일이에요."

덕분에 쉽게 이길 수 있는 1세트 경기가 중반까지 이어지는 접전이 되었다. 그래봤자 한국 챔피언에 불과한 YSM가 이렇게 까다로운 것은 서문엽 탓이었다.

엠레 카사 감독은 고개를 끄덕였다.

"어쩔 수 없는 일이지. 나도 살면서 인격 말고는 서문엽의 약점을 본 적이 없다."

그 말에 선수들이 웃었다.

"하지만 그렇다고 정말 약점이 없는 건 아니다."

서문엽의 플레이가 계속 영상에 보였다.

이를 보여주며 엠레 카사 감독이 말했다.

"봐라. 서문엽이 강할 때는 프리 롤로 마음껏 날뛸 때다. 이를테면 탱커가 아니라 근접 딜러이자 원거리 딜러인 셈이다. 이게 서문엽이 만든 '가짜 탱커'의 핵심이지."

탱커로 출전하긴 했는데, 탱커가 아니라 딜러 역할을 수행하는 것. 이것이 미국과 영국의 빅맨 전술의 천적인 가짜 탱커의 요체였다.

이를 위해서는 다재다능한 탱커가 필요한데, 최근엔 치치 루카스가 있는 파리 뤼미에르도 곧잘 써먹는 패턴이었다.

"서문엽이 활약한 상황은 대개 지켜야 할 것이 없을 때였다. 완전히 프리로 활약할 때는 무섭지. 하지만 지켜야 할 아군이 있다면?"

다시 1세트의 상황이 재생되었다.

이번에는 서문엽이 없는 곳에서, 기습당한 YSM의 선수들이 무참히 데스당하고 있는 장면이었다.

"보다시피 약점도 참 많은 팀이다. 다른 놈들을 공략해 서문엽도 탱커로서 방어에 전념하도록 만들면 돼. 그러면 서문엽도 막기 바빠서 딜러로서의 모습을 꺼낼 수 없다."

엠레 카사 감독의 설명이 이어졌다.

"아마 저쪽도 이를 알고 탱커를 한 명 더 투입할 거다. 서문엽을 프리로 만들려면 나머지 아군이 튼튼해야 할 테니까. 그래서 우리는 거꾸로 공격력을 더 강화시킨다."

그는 2세트 출전 명단에서 한 명을 빼고 한 명을 추가했다.

"우린 2탱커로 간다. 우리에게 최선의 방어는 공격을 퍼부어서 서문엽이 방어에 전념할 수밖에 없게 만드는 거야."

그제야 베를린 블리츠 선수들의 눈빛도 빛났다. 서문엽을 어떻게 상대해야 할지 대안이 생겼으니까.

"저우린, 첸진."

"예."

"네, 감독님."

두 중국 선수가 답했다.

"전투 시에는 너희 둘이 서문엽을 상대해라. 다니엘이나 슈란으로는 서문엽을 상대할 수 없으니, 너희가 해야 한다. 무기의 길이가 더 기니, 철저히 그 이점을 이용해서 발만 묶어라. 할 수 있지?"

저우린이 고개를 끄덕였다.

“발만 묶어놓는 거라면, 첸진과 둘이서 해보겠습니다.”

“좋아, 2세트로 깔끔하게 오늘 평가전을 마친다.”

휴식 시간이 끝나고 다시 2세트가 시작되었다.

경기를 치르러 입장하는 선수들을 쭉 보던 엠레 카사 감독은 YSM 측에서 입장하고 있는 선수들 중 한 사람을 바라보았다.

‘저 원거리 딜러는 또 출전하는군.’

엠레 카사 감독이 주시하는 선수는 바로 심영수였다.

좋은 초능력이 있고 발도 빨라서 빅 리그에서도 뛸 자질이 있는데, 멘탈과 전술 이해도가 낮아서 영입을 고려하다가 포기한 케이스였다.

어찌 보면 7영웅 시절의 슈란처럼 서문엽이 제일 싫어하는 타입이었다.

‘목숨은 부지했나 보군.’

엠레 카사 감독도 저쪽의 사정을 대강 추측하고 있었다.

저 선수가 저지른 실수는, 원거리 딜러의 초능력을 전략적으로 통제하는 서문엽이 제일 싫어하는 짓이었다.

당연히 심영수가 얻어터져서 반쯤 죽을 줄 알았다. 멀쩡한 모습을 보니, 서문엽이 옛날보다 다소 성격이 착해진 것 같았다.

‘이런 평화로운 시대에 적응 못 할 줄 알았더니, 의외로 잘 순응하는군.’

그가 아는 서문엽은 위험한 인간이었다.

지저 문명이라는, 대적해야 할 강대한 적이 없었더라면 범죄자가 되었을 유형이다.

이제는 지저 문명도 세계를 위협하는 적도 없는 마당에, 서문엽이 잘 지내는 걸 보니 의외이기도 하고 다행이기도 했다.

밝은 표정과 끊임없이 스스로를 단련하는 향상심. 마치 전쟁 시절 강대한 적을 깨뜨리기 위해 노력하던 서문엽을 보는 것 같았다.

* * *

"2탱커……."

가브리엘 감독은 베를린 블리츠의 출전 선수 명단을 보고 표정이 굳었다.

"2탱커? 그거 강팀이 약팀 상대할 때 빨리 끝내려고 하는 거 맞죠?"

최동준 수석 코치가 흥분해서 씩씩댔다.

그러나 사니야를 위해 프랑스에서 영입된 창술 코치 막심 블랑코가 손가락을 좌우로 까닥였다.

"노노, 보통은 그렇지만 저 2탱커는 의미가 다른 것 같은데요. 그렇지요, 감독?"

가브리엘 감독은 고개를 끄덕였다.

"탱커 대신 딜러가 하나 더 들어가면서 기동성과 공격력을 더 강화했습니다. 우리를 더 강하게 몰아붙일 생각이겠죠."

그 말에 최동준 수석 코치는 의아해졌다.

"탱커가 부족해서 마냥 좋은 게 아니잖습니까?"

"우리의 공격력이 부족하기 때문에 2탱커로도 충분하다고 봤겠죠."

"아니, 우리 구단주님이 탱커 하나를 단숨에 골로 보냈는데……."

"바로 구단주 때문입니다. 구단주는 어디까지나 탱커입니다. 아군이 위협받으면 보호해 주어야 하는 의무가 있죠. 구단주를 방어에 전념하게 해놓으면 더 위협거리가 없다고 본 겁니다."

가브리엘 감독은 표정이 좋지 않았다.

그렇다고는 해도, 결국 약팀을 상대할 때나 꺼내 드는 기책이었다.

양 팀의 실력 차이야 명백하지만, 실제로 이런 취급을 받아 보니 감독으로서 유쾌한 기분은 아니었다.

YSM은 나름대로 가브리엘 감독이 온 힘을 다해 키운 팀이었으니까.

'기책은 기책. 허점이 분명이 있는데. 구단주가 잘 파악했으면 좋겠군.'

* * *

2세트의 던전은 '던전 웜 레어'였다.

'던전 웜'은 개미처럼 지하에 굴을 파고 집단 서식하는 거대한 지렁이다. 광물을 먹고 미네랄을 섭취하는 덕분에 땅속에서도 잘 살지만, 진짜 좋아하는 먹이는 고기였다. 영양가가 풍부한 살아 있는 먹잇감이 나타나면 마약처럼 환장하고 떼로 덤벼드는 무서운 괴물이었다.

던전 웜 레어는 그런 던전 웜들이 집단 서식하는 굴인데, 던전 웜들이 파고 다닌 굴들이 미로처럼 복잡하게 나 있어서 자칫 길을 잃기 십상이었다.

그래 봤자 프로 선수들은 당연히 수없이 경기와 연습을 치러봤기 때문에 지리를 파악하고 있지만, 그렇다고 방심할 수는 없었다.

경기가 시작되면 서식하는 던전 웜들이 새롭게 굴을 파기 때문에 사전에 숙지했던 것과 지형이 달라질 수도 있기 때문이다. 그래서 경기 중에 길을 잃는 경우가 종종 속출하기도 했다.

던전 웜은 개미와 같이 여왕, 병정, 일반 던전 웜 등 3종류로 계급이 나뉜다.

여왕 던전 웜은 말할 것도 없이 집단을 이끌고 번식을 책임지는 최종 보스 몹.

병정 던전 웜은 중간 보스 몹에 해당하는 괴물이다.

일반 던전 웜 또한 웬만한 던전의 중간 보스 몹 수준으로 맷집이 강하기 때문에 수준이 낮은 팀은 상대 팀과 싸워보기도 전에 이 던전에서 전멸할 수도 있다.

그래서 아마추어 리그에서는 쓰이지 않는 높은 난이도의 던전이었다.

하지만 서문엽의 머릿속에는 던전 웜 레어가 아닌 다른 문제로 가득 차 있었다.

'이 새끼들이 2탱커를 갔다 이거지?'

1세트 때보다 더 강하게 때리겠다는 선포였다.

방어력이 줄어든 대신, 공격력과 기동성이 더 살린 조합. 가만 내버려 두면 점점 더 기세를 타게 된다.

'없는 허점을 일부러 만들어줬다면 나야 좋지. 너 실수한 거다, 엠레 카사.'

서문엽이 입을 열었다.

"계획이 살짝 바뀌었다. 이나연과 심영수는 날 따라오고, 나머지는 감독이 말한 대로 초능력을 적극적으로 써가면서 열심히 사냥하고 있어."

서문엽은 팀원 중 가장 속도가 빠른 멤버를 선별했다.

이나연은 100/100.

심영수는 85/85.

사니야도 심영수와 속도가 같았지만, 그녀는 사냥에 참여해서 성장을 더 시키기로 했다.

서문엽은 바로 다른 굴로 빠르게 이동하기 시작했고, 이나연과 심영수가 뒤따랐다.

"우리 어디 가요?"

이나연이 물었다.

"견제하러."

"엑? 그래도 돼요?"

"나한테 아주 끝내주는 계획이 있거든."

YSM의 장점은 가브리엘 감독이 짠 작전을 서문엽이 현장에서 마음대로 바꿀 수 있다는 점이었다.

이게 장점이 되는 이유는 서문엽의 전술적 기량은 가브리엘 감독도 인정하는 수준이었기 때문. 상황에 따라 알맞게 서문엽이 대응할 수 있으니 유연한 플레이를 할 수 있는 것이다.

"이번 견제는 너희 둘이 죽더라도 1명만 잡을 수 있으면 우리가 유리해져."

두 사람은 그 말뜻을 이해하지 못했지만, 서문엽이 틀린 적이 없었으므로 묵묵히 따랐다.

굴을 따라 가는 길에 던전 웜 1마리가 나타났다.

"끼리리릭!"

이상한 소리를 내며 포효하는 던전 웜.

서문엽이 피식 웃었다.

"너희들 그거 알아? 재 온몸을 진동시키잖아. 그거 웃는 거야. 맛있는 먹이가 나타나서 무지 좋아하는 거지."

"진짜요?"

이나연의 두 눈이 휘둥그레졌다.

"흙만 퍼먹다가 살아 움직이는 먹이 나타나면 환장하거든. 우리 같은 먹이는 여왕한테 바치지도 않고 그냥 자기가 먹으려 들어."

"끼리리리릭!"

그 말에 동의하듯, 던전 웜이 맹렬하게 달려들었다.

굴을 가득 채우는 덩치로 밀고 들어오자 피할 틈이 안 보였다.

하지만 서문엽은 앞장서서 정면으로 맞섰다.

던전 웜이 입을 쩌억 벌리자, 서문엽은 몸을 웅크린 채 그 입속으로 들어갔다.

한 입에 서문엽을 집어삼켰다.

하지만 이윽고.

푸우욱!

"끼리릭!"

오러를 머금은 창이 던전 웜의 정수리를 뚫고 솟아 나왔다.

다시 들어간 창이 또 머리를 뚫고 나온다.

푹! 푹! 푸욱!

요동을 치던 던전 웜은 얼마 못 가 축 늘어졌다.

잠시 후, 죽은 던전 웜의 입에서 서문엽이 기어 나왔다.

"그래도 얘는 허랑 체액이 없어서 덜 찜찜하네. 점액질로 범벅이었어 봐. 아무리 나라도 입안에 안 들어갔다."

"그래도 냄새 나잖아요!"

여자인 이나연이 악취에 예민하게 반응했다.

"도리 있냐? 저 새끼 뇌를 찌르려면 입안이 가장 좋은데."

"그런 식으로 던전 웜을 사냥하는 건 처음 봐요."

"그래도 확실히 빠르긴 빠르다……."

심영수도 감탄했다. 국가 대표 경기를 많이 치러봤지만, 지금까지 본 중 가장 빠른 속도의 던전 웜 사냥이었다.

굴을 가득 차지하는 던전 웜의 사체를 옆으로 밀고, 비좁은 틈새로 낑낑대며 빠져나온 세 사람.

이어서 갈 길을 계속 가면서 그들은 베를린 블리츠 측이 사냥하는 지역으로 접어들었다.

몇 번 던전 웜을 더 만났지만, 같은 방법으로 서문엽이 빠르게 사냥했다.

워낙 강한 만큼 사냥 포인트도 잘 주는 던전 웜.

서문엽은 벌써 사냥 포인트가 누적되어서 2단계, 보랏빛 광채에 둘러싸였다.

"심영수, 여기서는 폭발 구체 쓰면 안 돼. 소리와 진동 때문에 다른 던전 웜이 몰려오니까."

"예."

폭발 구체 잘못 썼다가 맞아 죽을 뻔했던 심영수는 고개를 정신없이 끄덕였다.

적진이 가까워졌다.

베를린 블리츠 선수들이 던전 웜을 사냥하는 소리가 들려왔다.

세 사람은 자세를 낮춘 채, 소리 없이 기어갔다.

"끼르르르륵!"

보통 던전 웜과는 약간 다른 괴성이 들렸다.

'병정 던전 웜이군.'

병정 던전 웜은 해당 지역에서 던전 웜을 많이 사냥하면 출동한다.

그리고 그 병정 던전 웜을 퇴치하면, 해당 지역이 붕괴되는 방식이었다.

'벌써 병정하고 싸우는 걸 보면, 저쪽도 사냥 속도가 상당히 빠른데.'

탱커 2명, 서포터 1명 외에는 전부 딜러들이니 사냥 속도가 느릴 수 없었다.

선수 개개인이 강력한 베를린 블리츠이니, 이 정도면 YSM이 이 던전에서 연습했던 사냥 속도보다도 더 빠른 페이스였다.

'역시 빠른 사냥을 콘셉트를 그대로 밀고 갔으면 이길 수 없었을 거야.'

서문엽은 이나연과 심영수에게 나직이 말했다.

“일단 저거 스틸한다. 그리고 다음 타깃은 아돌프 권터다. 아돌프 권터만 죽이고 빠져나갈 거야.”

두 사람은 깜짝 놀랐다.

아돌프 권터.

1세트에서 서문엽의 1킬 희생양이 됐지만, 세계적으로도 알아주는 베를린 블리츠의 메인 탱커였다.

두터운 갑옷과 큰 방패로 중무장했고, ‘충격 감소’까지 있어서 죽이기가 극히 힘들었다.

그런 아돌프 권터가 견제 타깃이라니, 성공 확률이 너무 떨어진다.

베를린 블리츠가 병정 던전 웹을 사냥하는 광경이 눈에 들어왔다.

6명이서 사냥 중이었는데, 다행히 타깃인 아돌프 권터가 있었다.

또 다행인 점은 6인 중에 다니엘 만츠가 없는 점.

그러나 불행한 점은 6인 중에 슈란이 포함되어 있다는 사실이었다.

슈란은 서문엽 일행의 접근을 모르는 눈치였다. 이번 경기도 그녀의 ‘위치 추적’ 타깃은 피에트로라는 뜻이었다.

‘그렇겠지. 엘레 카사 녀석은 피에트로처럼 심각한 변수가 되는 적을 통제 안 하면 찜찜해서 못 사는 성격이거든.’

공간 이동으로 불쑥 나타나 초능력을 퍼부어 테러를 가하면 삽시간에 팀이 초토화될 우려가 있었다. 빈틈없이 철저한 성격인 엠레 카사 감독은 그 점을 강력히 경계하고자 슈란의 위치 추적을 썼을 터였다.

그러므로 지금이 서문엽이 견제를 펼칠 절호의 찬스였다.

병정 던전 웜은 6인의 공격에 점점 약해졌다.

슈란이 소멸 광선을 쏘면 언제든 마무리할 수 있는 수준이었다.

바로 그때.

파앗!

서문엽이 비호처럼 뛰어들었다.

"……!"

놀란 베를린 블리츠 선수들을 지나, 서문엽은 그대로 병정 던전 웜에게 뛰어들었다.

콰지지지직!!

오러를 잔뜩 머금은 창이 병정 던전 웜의 머리통을 꿰뚫었다.

—던전 웜 레어 6-1구역이 붕괴됩니다. 60초, 59초, 58초…….

스틸은 성공이었다.

병정 던전 웜의 사냥 포인트를 서문엽이 먹었다.

그 증거로, 서문엽의 몸을 둘러싼 보랏빛 광채가 더욱 짙어졌다.

"적이다!"

"견제다!"

베를린 블리츠의 선수들이 소리쳐서 아군에게 알렸다.

서문엽은 소멸 광선을 쏘려는 슈란에게 창을 냅다 던졌다.

슈란은 소멸 광선을 쏘지 못하고 창을 피했다.

그 한 수로 모두의 이목이 슈란의 보호에 쏠렸다.

그것은 진짜 타깃인 아돌프 귄터도 마찬가지. 아돌프 귄터는 메인 탱커답게 서문엽의 앞을 가로막았다.

여기서 한 번 더 속임수.

서문엽은 아돌프 귄터를 우회해서 슈란에게 달려가려 했다.

아돌프 귄터는 민첩하게 움직여 블로킹을 한다.

그 순간, 새로운 창을 꺼내 든 서문엽의 공격이 아돌프 귄터에게 쏟아졌다.

카카카캉!

연속 찌르기!

"큭!"

아돌프 귄터는 방패를 들어 무사히 막아냈다.

순간, 이나연도 나타났다.

'점프'로 공중에 뛰어오른 이나연은 화살 3대를 시위에 걸고 당겨 슈란을 겨눴다.

그러나 곧 방향을 돌려 아돌프 권터에게 쏘았다.

뒤이어 나타난 심영수 또한 아돌프 권터에게 속박을 펼쳐 오른쪽 발목을 묶는 데 성공했다.

'증폭, 민첩성에.'

순간적으로 서문엽의 창이 한 줄기 빛처럼 빠르게 찔러 들어갔다.

쏟아지는 공격에 당황한 아돌프 권터가 노출한 0.1초도 안 될 짧은 빈틈. 그걸 파고들며, 창은 그의 목을 찔렀다.

슈칵!

—서문엽, 1킬.

목적 달성!

서문엽 일행은 잽싸게 달아나기 시작했다.

그제야 베를린 블리츠 선수들도 세 사람의 타깃이 슈란이 아닌 아돌프 권터였음을 깨달았다.

그리고 그 노림수가 어떤 의미인지도 깨달았다.

2명밖에 없는 탱커를 하나로 줄인 것이다!

2탱커는 탱커를 최소한으로 편성하는 마지노선이었다.

탱커가 1명밖에 없으면 오히려 사냥도 전투도 차질을 빚는다.

분노한 슈란이 서문엽 일행에게 소멸 광선을 쏘았다.

좁은 굴을 통해 빠져나가고 있었기 때문에 피하기 어려웠다. 자칫 잘못하면 3인이 한 방에 데스당할 상황!

하지만 그것까지 염두에 둔 서문엽은 가장 마지막에 뒤따르고 있었다.

콰콰콰콰콰콰!!

모로 그룹의 로고가 새겨진 서문엽의 새 방패가 소멸 광선을 막았다.

"칫."

슈란은 혀를 차며 소멸 광선을 중지했다.

서문엽이 소멸 광선을 막을 수 있다는 것은 이전에 증명됐다. 더 쏴봐야 오러 낭비였다.

서문엽은 씨익 웃고는 다시 뒤돌아 달아났다. 떠나면서 그들에게 가운데 손가락을 세워 보이는 것도 잊지 않았다.

*　　　*　　　*

돌아가는 길은 순탄치 않았다.

다른 곳에서 사냥하던 베를린 블리츠 5인이 퇴로를 막으러 달려왔다. 앞장선 사람은 '스프린트'를 연속으로 펼치며 무지막지한 스피드로 달려온 다니엘 만츠.

전속력으로 질주한 탓에 동료들도 놔두고 단독으로 온 다니엘 만츠는 서문엽 일행과 맞닥뜨렸다.

탱커 1명, 원거리 딜러 2명으로 구성된 적과 맞닥뜨린 서포터가 할 수 있는 게 있을까?

다니엘 만츠는 놀랍게도 곧장 정면으로 달려들었다.

서문엽이 적의 추격을 막느라 맨 뒤에 있었기 때문에 해볼 만하다고 판단한 듯했다.

가장 앞장서 있던 이나연이 화살을 쐈다. 화살 3대가 한꺼번에 날아들었다.

촤좌착!

다니엘 만츠는 왼쪽 벽에 바짝 붙어 2대를 피하고, 다른 하나는 손으로 낚아채 버렸다.

그 광경에 이나연은 깜짝 놀랐다.

뒤이어 심영수가 속박을 날리고, 서문엽도 창을 던졌다.

다니엘 만츠는 달리는 것을 멈추지 않았다.

파앗! 팟!

왼쪽 벽에 붙었다가 다시 오른쪽 벽에 붙으며 속박과 창을 연속으로 피했다.

화살 3대를 다시 시위에 걸고 쏘려고 하는 이나연을 '밀기'로 옆으로 치웠다. 그리고 심영수에게 뛰어들어 그의 가슴에 양손을 얹었다.

밀기, 당기기!

양손에서 두 가지 초능력이 동시에 펼쳐졌다.

그러자 놀랍게도 심영수의 아바타가 그 자리에서 가루가 되어 흩어져 버렸다.

—다니엘 만츠, 1킬.

어시스트 전문가인 서포터 다니엘 만츠도 필살기 하나는 있었다.

바로 상대의 심장에 '밀기'와 '당기기'를 직격시키는 것.

상대의 가슴에 양손이 닿을 정도로 가까운 거리에서는 다니엘 만츠도 위협적인 킬러가 된다. 물론 서포터로서 그런 거리까지 접근하기가 상당히 위험했지만 말이다.

심영수가 사라지자 그 뒤에 있던 서문엽과 눈이 마주쳤다.

서문엽은 '오냐, 나도 한 번 그렇게 죽여보지 그래?' 하는 눈빛으로 노려보고 있었다. 물론 다니엘 만츠는 고양이를 만난 쥐처럼 도망갈 태세였다.

쉭!

서문엽이 거침없이 창을 찔렀다.

다니엘 만츠는 상체를 뒤로 젖혀 피해냈다.

그러자 서문엽은 창을 그대로 던져 버렸다.

"윽!"

다니엘 만츠는 기겁했다. 하지만 몸은 놀란 표정과 반대로 날렵하게 움직였다.

그대로 한 손으로 땅을 짚고, 왼발로 벽을 박차며 한 바퀴 빙글 돌았다.

창이 아슬아슬하게 등 아래를 스쳐 지나갔다.

실로 절묘한 회피.

아마도 경기장에서는 이 장면에서 관중의 탄성이 터져 나왔으리라.

하지만 서문엽도 뒤이어 두 번째 공격을 준비하고 있었다.

앞서 던졌던 창이 다시 오른손에 되돌아온 것이다. 증폭된 '던지기'로 던졌던 탓이었다.

한 바퀴 돌아 착지한 다니엘 만츠에게 서문엽이 급속도로 거리를 좁혔다.

다니엘 만츠는 양손을 모아 서문엽에게 힘껏 뻗었다. 많은 오러를 투입한 '밀기'였다.

터엉!

서문엽의 움직임이 멈칫했다.

순간적으로 자신을 강하게 밀치는 힘에 의해 뒤로 넘어갈 뻔했으나, 서문엽은 초인적인 균형 감각으로 버텨냈다.

회심의 일격이었는데 서문엽이 버티고 서자 다니엘 만츠도 당황했다. 이 거리에서 '밀기'를 썼는데 밀어내지 못한 상대는 지금껏 없었다. 괴물 탱커 제럴드 워커조차 몇 걸음 물러났다.

상대의 초능력에 저항하는 오러 저항력과 균형 감각, 그리고 반사 신경이 말도 안 되는 수준이었다.

다행히 이나연이 다니엘 만츠를 구해주었다.

이나연이 그대로 다니엘 만츠에게 3대의 화살을 쏜 것.

다니엘 만츠가 피하자, 화살들은 서문엽에게로 날아들었다.

타타탁!

서문엽은 전혀 당황하지 않고, 창으로 화살 3대를 모조리 쳐내는 정교한 창술을 선보였다.

하지만 그 틈에 다니엘 만츠는 스프린트를 써서 빠져나가는 데 성공했다.

이나연이 점프로 쫓아가려는 찰나, 서문엽이 제지했다.

"됐어. 우리도 달아나야 해."

"힝, 네."

이나연은 셋이서 다니엘 만츠 하나 못 잡은 걸 분하게 여겼다.

아무튼 두 사람으로 줄자 도주 속도는 더 빨라졌다.

원체 빠른 이나연이 전속력으로 달리고, 서문엽도 속도를 증폭시켜서 104로 만드는 바람에 중무장을 했음에도 이나연에게 크게 뒤처지지 않았다.

베를린 블리츠도 추격을 포기할 수밖에 없었다.

그렇게 해서 양측은 서로 1킬씩 교환한 채로 교전을 마무리했다.

*　　　*　　　*

배틀필드는 팬들에게 상당히 친절한 스포츠였다.

얼마나 친절하냐면, 다니엘 만츠의 '밀기' '당기기', 슈란의 '위치 추적'처럼 눈에 보이지 않는 초능력도 특수 효과를 입혀서 볼 수 있게 해줄 정도였다.

그만큼 관중들로서는 게임을 보는 것처럼 눈이 즐거울 수 있었고, 양측 선수들의 싸움을 더 재미있게 즐겼다.

방금 전의 싸움도 마찬가지였다.

—서문엽 1킬! 서문이 병정 던전 웜을 스틸하고 아돌프 권터 선수까지 해치웁니다!

—완전히 노렸습니다. 아돌프 선수가 운이 없었던 게 아니라 처음부터 견제의 타깃이 아돌프 권터 선수였어요!

—이러면 베를린 블리츠는 탱커가 1명밖에 안 남았습니다. 이걸 노렸네요! 2세트가 시작하자마자 견제에 나선 이유가 있었어요!

—2탱커까지는 전략이지만 1탱커는 탱커 부족이에요! 서문엽 선수가 아주 날카롭게 노렸네요.

—사냥 포인트를 엄청나게 적립한 서문엽 선수, 벌써 보랏빛이 붉은빛으로 변하려 하고 있습니다. 아, 베를린 블리츠도 추격을 개시합니다. 다니엘 만츠 선수, 엄청난 속도로 달

립니다!

다니엘 만츠가 서문엽 일행을 상대로 홀로 달려든 것은 또 다른 명장면이었다.

—혼자서 덤벼듭니다! 너무 무모하지 않나요?!

—지난해 올해의 선수상에 빛나는 다니엘 만츠! 또 뭔가를 보여주나요!

—오오오!! 다니엘 만츠 1킬!

'밀기' '당기기' 두 초능력을 나타내는 특수 효과가 한 번에 터져 나오면서 심영수가 데스당하는 장면.

"와아아아아!!"

"만츠! 만츠!"

대부분이 베를린 블리츠의 서포터인 관중들이 열광했다.

이어진 서문엽과의 짧은 맞대결도 눈이 호강하는 장면이었다.

아슬아슬하게 창을 피한 다니엘 만츠가 '밀기'를 있는 힘껏 쏘며 반격했다. 그런데 서문엽이 그걸 직격당했음에도 꿈쩍도 하지 않고 제자리에서 버텨냈다.

—맙소사, 사람이 아닌 것 같습니다!

—어떻게 한 발짝도 안 밀리나요? 소멸 광선을 막을 때도 그렇고, 서문엽 선수는 정말 진면목이 드러나면 드러날수록 무섭습니다.

이나연의 실수로 인해 다니엘 만츠가 구사일생하는 장면까지, 관중들은 쉴 틈도 없이 열광했다.

—킬을 하나씩 주고받는 양 팀. 다니엘 만츠 선수가 멋지게 만회했습니다.

—간신히 자존심은 지켰습니다. 하지만 킬의 질이 다릅니다. 탱커가 1명밖에 없어진 베를린 블리츠가 앞으로 불리한 운영을 할 수밖에 없어요.

—예, 정석을 고집하던 엠레 카사 감독답지 않은 기책이었습니다. 7영웅 동료였던 서문엽 선수를 잘 알고 있기 때문이었을까요? 서문엽 선수를 경계한 2탱커 작전이었던 것 같은데, 이러면 허를 찔렸죠.

—하하, 네. 어차피 팀 자체의 역량은 차이가 있기 때문에 서문엽 선수 하나가 더 특별히 강하다 해도 이길 수 있었을 텐데, 괜한 수를 둔 듯합니다.

—그런데 방금처럼 다니엘 만츠 선수가 가까운 거리에서 밀고 당겨도 버티면, 이거 서문엽 선수가 다니엘 만츠 선수의 천적으로 불릴 수도 있겠는데요?

—그러네요. 아, 그런데 방금 재미있는 기록이 하나 더 생겼습니다. YSM의 이나연 선수가 도망치는 과정에서 시속 123㎞를 기록했다고 합니다. 초능력을 쓰지 않은 순수한 스피드로는 배틀필드 공식 최고 기록이라는군요.

—세상에, 치타도 가뿐히 능가하는 속도 아닙니까?

단거리에서 초인이 아닌 인간의 최고 시속은 약 38㎞.

남자 초인은 평균적으로 50~60㎞ 사이인데, 이나연은 그 2배 속도로 달려 버린 셈이었다.

초인 중에서도 괴물급의 스피드!

—굉장히 빠른 선수라고 듣기는 했습니다만, 정말 놀랍네요.

—초능력은 최대 20m 높이까지 뛰는 점프라고 합니다. 점프 각도에 따라서 빠른 이동이나 돌격에도 활용 가능하니, 기동력 하나는 세상에서 가장 빠른 선수군요.

—예, 1세트에서도 날쌘 움직임이 눈에 띄었고요, 상당히 인상적인 선수입니다. 공격 수단이 약한 게 흠입니다만, 저 정도면 YSM에서 계속 주전으로 출전하는 이유가 있네요.

세계적인 명문 클럽 베를린 블리츠와의 친선 경기.

평가전이지만 많은 이목이 집중된 곳에서, 이나연은 마침내 명성을 떨치게 되었다.

그런데 이나연이 달리는 리플레이 장면을 보다가, 독일 해설자가 새로운 의문을 제기했다.

—그런데 서문엽 선수도 뒤따라 달리는데 크게 뒤처지지 않았거든요? 그럼 서문엽 선수는 대체 얼마나 빠른 걸까요?

—허, 그러네요. 저 정도면 탱커 중에서 달리기 속도가 가장 빠른 축에 속하는 게 아닐까요? 빠르기가 마치 파리의 치치 루카스 선수를 보는 것 같네요.

중계진의 이야기를 듣던 관중들은 술렁였다.

"저렇게 강한데 빠르기까지 하다고?"

"서문엽이 생각보다 훨씬 세잖아?"

"완전 괴물이야. 그동안 실력을 숨기고 있었던 거였어."

"과연 지구를 구한 영웅인 건가."

그동안 세계 최고의 선수로 꼽혀왔던 것은 3인, 나단 베르나흐, 로이 마이어, 다니엘 만츠였다.

포지션이 서로 달라 비교할 방법은 없었지만, 베를린 사람들은 당연히 다니엘 만츠를 최고로 꼽았다. 그들은 다니엘 만츠보다 더 위대한 선수는 없다고 믿어 의심치 않았다.

그런데 그들의 머릿속에도 서문엽이 최고의 선수로 서서히 떠오르기 시작했다.

서문엽은 그 정도로 엄청난 퍼포먼스를 보여주고 있었다.

*　　*　　*

경기는 장기전으로 흘렀다.

YSM은 던전 웜 레어의 지하 최심부에 있는 공동(空洞)에 자리 잡았다.

그곳은 던전 웜들이 흙을 파먹어서 생긴 거대한 공간인데, 여왕 던전 웜이 산란한 알들이 수천 개나 널려 있었다.

거기서 부화한 새끼 던전 웜들이 아직 부화 안 한 알을 먹어치우며 생장하기 때문에 실제로 부화하는 숫자는 그 1/100도 안 된다.

하지만 살아 있는 인간은 훨씬 더 맛있어 보이는 먹잇감.

새끼 던전 웜들이 계속 부화해서 덤벼들었고, 알들을 지키기 위해 던전 웜들도 일제히 몰려들었다.

즉, 최고의 사냥터였다.

—YSM이 먼저 공동에 자리 잡고 사냥을 합니다.

—사냥 포인트를 대량 획득할 수 있는 좋은 지점이죠. 당연히 베를린 블리츠도 이곳이 탐나겠습니다만, YSM이 자신 있게 먼저 자리 잡은 이유가 있습니다. 쉽게 말해, 불만 있으면 한판 붙자 이겁니다. 여기서 한 타 싸움을 벌이면 탱커가

1명밖에 없는 베를린 블리츠도 승리를 장담할 수가 없거든요.

—예, 거기다가 피에트로 아넬라 선수도 있죠. 전원 총집결한 전투가 벌어지면 그의 소환술이 빛을 발할 겁니다. 그래서 YSM이 자신 있어 하는 거고요.

베를린 블리츠는 공동에 다가가지 않았다.

맞붙기보다는 다른 지역을 돌면서 사냥을 계속했다.

최대한 사냥 포인트를 모아서 성장하면, 그때 승부수를 걸어보겠다는 의도.

베를린 블리츠는 각 지역마다 중간 보스 몹인 병정 던전 웜을 사냥했고, 최종 보스인 여왕 던전 웜까지 처치했다.

그러는 동안 YSM도 공동에서 충분히 성장한 상태.

결국 공동에서 한 타 싸움이 벌어졌고, 이번에는 피에트로가 또 한 번 엄청난 명장면을 만들어냈다.

* * *

피에트로가 살짝 사고를 쳤다.

아무래도 어지간히도 답답했던 모양이었다.

배틀필드에 별반 흥미도 없지만 달리 할 일도 없어서 그냥 선수 생활을 설렁설렁 하고 있었던 피에트로.

그렇지만 그의 정체는 전직 대사제.

전쟁 일으키기 전까지는 지저 문명의 당대 최고의 천재라 불렸던 몸이었다.

그런 그가 슈란의 위치 추적—소멸 광선 콤보에 뾰족한 대응 수단이 없었던 게 짜증 났던 것이다.

정말 대응 수단이 없었겠는가? 인간에게 불가능한 오러 응용으로 갖가지 수단을 펼칠 수 있지만, 인간의 수준을 넘지 않으려고 자제하는 것뿐이었다.

한 타 싸움이 벌어졌을 때, 슈란은 당연히 피에트로부터 노렸다. '위치 추적'으로 위치를 파악하고 있었으므로 곧바로 소멸 광선을 쏘았다.

그때.

파파파파파파파파팟!

피에트로는 13개의 마법진을 생성했다.

늘 펼치던, 영령들을 소환하는 마법진.

그런데 13개의 마법진을 일렬로 나열해서 소멸 광선을 막아낸 것이 문제였다.

마법진으로 영령도 소환하고, 방어막처럼 활용도 한 것이다.

슈란이 소멸 광선에 오러를 가했지만, 13겹의 마법진을 다 뚫지는 못했다.

11개까지만 파괴하고, 남은 2개의 마법진은 피에트로를 완벽하게 보호했다.

결국 슈란은 오러를 전부 소진하여서 영령들에게 당해 데스.

피에트로는 남은 2개의 마법진을 계속 방패처럼 자유자재로 움직이며 썼다.

마법진 2개가 아군의 한쪽 방면을 전부 방어해 냈으므로, YSM은 한결 수월하게 한 타 싸움을 펼칠 수 있었다.

파울 콜린스, 최혁, 김진수 등 3탱커가 열심히 막아내고, 부족한 부분은 피에트로의 마법진이 커버해 주었다.

그 덕에 서문엽은 탱커 역할에서 벗어나 프리롤로 날뛰었다.

—서문엽, 2킬.
—서문엽, 3킬.
—서문엽, 4킬.

아무리 강팀이라지만 탱커가 1명밖에 없는 베를린 블리츠는 추풍낙엽으로 떨어져 나갔다.

사기 저하의 문제도 있었다.

피에트로가 슈란을 완벽하게 막은 것도 모자라 계속 마법진으로 아군을 보호하며 탱커 몇 명의 효과를 낸 것이다.

그런 엄청난 활약에 충격받아 당황했던 측면도 있었다.

결국 2세트는 3—0으로 YSM의 승리.

불리한 상황에서도 베를린 블리츠의 공세는 거셌지만, 서문엽과 피에트로, 파울 콜린스가 끝까지 살아남아서 승리를 쟁취했다.

2세트의 충격은 경기장의 수만 관중을 침묵시켰다.

서문엽이 엄청난 기량을 보여주더니, 피에트로까지 말도 안 되는 퍼포먼스를 보여주었다.

더 이상 YSM이 한국에서나 잘나가는 변방 약체 팀으로 보이지 않았다.

심지어 YSM 더그아웃에서도 가브리엘 감독과 코치진이 멍하니 피에트로를 쳐다보고 있었다.

"얌마, 좀 심했잖아."

서문엽이 나직이 핀잔했다.

피에트로는 어깨를 으쓱했다.

"이 정도는 괜찮지 않나?"

"아슬아슬하긴 한데, 뭐 다른 새로운 초능력을 선보인 것은 아니니까 괜찮을 것 같기도 하고."

다만 마법진에 저런 기능도 있었냐는 세간의 충격은 어쩔 수 없을 터였다.

2세트 MVP는 피에트로가 선정되었다.

한 타 싸움에서 결정적인 기여를 했으므로 당연했다.

"우와, 우리가 베를린 블리츠한테 한 세트 이긴 거 맞죠?"

"이거 잘하면 월드 챔스도 우승할 수 있는 거 아냐?"

선수들은 그저 좋아서 희희낙락.

가브리엘 감독도 충격에서 벗어났는지, 피에트로에게 이것저것 질문을 해댔다.

"그 마법진은 방어 용도로 쓸 수 있는 거였습니까? 13개를 다 마음대로 움직일 수도 있고요?"

피에트로는 그저 묵묵히 고개만 끄덕일 뿐이었다.

이를 보며 서문엽은 조용히 생각했다.

'이탈리아가 억울해서 거품 물겠군.'

배틀필드 세계 랭킹 14위에 있는 이탈리아.

파리 뤼미에르의 메인 탱커, 지난 휴가 때 사하라 사막에서 나무를 심고 온 치치 루카스가 있는 이탈리아 대표 팀은 에이스의 부재로 아쉬워하는 팀이었다.

치치 루카스라는 이탈리아의 수호신이 있으니, 킬을 잘 따내는 에이스만 있으면 완벽할 거라고 아쉬워하는 이탈리아 팬들이었다.

그런데 이탈리아 출신의 한국인 피에트로가 떡하니 대활약을 펼친 것이다.

그동안은 엄청난 초능력이 있지만 단점도 많은 원거리 딜러라는 평가였다. '위치 추적'과 '소멸 광선'을 가진 슈란이 정확히 피에트로의 약점을 공략하는 천적이었고 말이다.

이번 2세트에서 모든 평가가 뒤집어질 것이다.

공격은 물론 방어도 완벽한 원거리 딜러로 말이다.

저런 인재를 왜 한국에 내줬냐고 이탈리아 협회는 팬들의 비난에 휩싸일 터였다.

* * *

“뭐라 할 말이 없군.”

엠레 카사 감독이 중얼거렸다.

“죄송합니다.”

아돌프 권터가 고개를 푹 숙였다. 2세트 패배는 서문엽의 견제에 데스당한 자신의 책임이 가장 크다고 생각했다.

엠레 카사 감독은 고개를 저었다.

“그건 2탱커를 택한 내 실수다. 물론 네 책임도 있고, 적이 우리의 탱커를 노릴 거라는 걸 예상 못 한 모두의 책임도 조금씩 있지. 그 문제는 모두가 반성하고 어느 누구 하나를 책망하는 건 관두도록 하지.”

선수들이 모두들 고개를 끄덕였다.

베를린의 독재자라 불리지만 모두의 신뢰를 받고 있는 가장 큰 이유. 패배의 책임을 한 번도 선수에게 돌린 적이 없었던 책임감 있는 태도였다.

엠레 카사 감독은 그보다 2세트 마지막의 한 타 싸움 영상을 보여줬다.

피에트로의 미친 플레이가 펼쳐지는 광경이었다.

"할 말이 없는 건 이 미친 작자의 플레이다."

마법진을 자유자재로 조종하며 방어막으로 활용할 줄은 아무도 예상 못 했다.

한 번도 그런 플레이를 보여준 적이 없었기 때문이다.

"이런 게 가능한 선수일 줄 알았다면, 난 얼마를 치르더라도 영입했을 것이다. 물론 서문엽은 팔 생각이 전혀 없어 보였지만, 2억 유로라도 불렀다면 흔들렸을 테니까."

선수들은 그 말에 경악했다.

이미 이번 이적 시장에서 1억 1천만 유로를 쓴 베를린 블리츠였다. 저우린과 첸진을 영입하는 데 든 이적료였다.

"하지만 이미 늦었다. 우리 팀은 완성되었고, 저 가공할 선수는 지금 적이다."

엠레 카사 감독은 새로운 대책을 보여주었다.

"슈란."

"왜."

슈란이 뚱한 표정으로 대꾸했다. 피에트로에게 완전히 당한 탓에 기분이 별로 안 좋아 보이는 슈란이었다.

"2세트에서 잡친 기분을 만회하게 해주지."

"어떻게?"

"피에트로를 마크하는 일은 계속 맡는다. 다만 한 방에 죽이는 게 불가능하다는 걸 확인했으니, 견제하는 역할을 할 거야. 적은 자신감이 생겨서 3세트도 한 타 싸움에서 승부를 하려 들 거야. 피에트로의 역할이 중대해지는 순간이지."

"……."

"YSM은 사냥을 할 때, 피에트로에게 사냥 포인트를 몰아주지 않는다. 다들 봤다시피 후반에도 피에트로의 성장은 푸른색에 멈춰 있다. 사냥 효율도 안 좋을뿐더러, 사냥 포인트 없이도 충분히 강력한 초능력을 가졌기 때문이지."

엘레 카사 감독의 설명이 이어졌다.

"우리는 슈란에게 사냥 포인트를 다소 몰아준다."

그 말에 선수들의 표정이 변했다.

슈란 역시 소멸 광선이 오러 소모가 많아서 사냥에 잘 참여하지 않는 편이었다. 기껏해야 보스 몹 사냥에나 조금 참가할 뿐.

"슈란, 아까는 13개의 마법진 중에 11개까지만 뚫었었지."

"맞아."

"사냥 포인트를 몰아 갖고서 충분히 성장하고 나면, 13개를 다 뚫을 수 있겠나?"

슈란은 입꼬리를 당기며 웃었다.

"그러면 15개라도 뚫을 수 있어."

"좋아, 그게 우리의 3세트 작전이다. 한 타 싸움을 원하는 녀석들에게 원하는 대로 해주는 거다. 다만 놈들이 가장 믿고 있는 것은 부숴줘야지. 우리는 베를린 블리츠다. 자존심을 지켜라."

"옛!"

그리하여서 벌어진 3세트.

YSM의 플레이는 엠레 카사 감독의 예상을 벗어나지 않았다.

YSM은 빠른 사냥과 후반 한 타 싸움이라는 기본적인 방침을 지켰다.

베를린 블리츠도 꾸준히 사냥으로 성장하며 슈란에게 사냥 포인트를 많이 몰아주었다.

이번에는 어떠한 허점도 없는 베를린 블리츠.

후반에 벌어진 한 타 싸움에서 슈란은 2세트의 복수를 해냈다.

피에트로의 마법진 13겹을 전부 뚫는 데 성공한 것이다.

피에트로가 공간 이동을 써서 도주하는 바람에 킬을 하는 데는 실패했지만 말이다.

슈란은 무려 4단계인 검은색이었으니, 여전히 사냥 포인트가 1단계에 머물러 있었던 피에트로보다 강한 게 당연했다.

한 타 싸움은 결국 YSM의 패배로 끝났다.

서문엽은 홀로 도망쳤다가, 공간 이동으로 먼저 피신했던 피에트로와 합류했다.

그때 베를린 블리츠의 생존한 선수는 5인이었다.

서문엽은 피에트로와 함께 도망 다니면서 계속 사냥을 했다. 다시 사냥 포인트를 모은 뒤, 마지막 힘을 끌어모아 승부를 걸어볼 생각이었다.

베를린 블리츠의 5인도 서문엽을 쫓으면서 계속 구역을 하나씩 붕괴시켜 도망갈 곳을 줄여 나갔다.

결국은 최후의 지역에서 만나 마지막 싸움이 벌어졌다.

오러를 거의 소진했던 피에트로는 슈란에게 당해 데스.

서문엽은 4인에게 둘러싸여 싸우며 2킬을 추가로 올렸지만, 다니엘 만츠가 끈질기게 당기기로 발을 붙잡은 탓에 수적으로 불리한 한계를 벗어나지 못했다.

결국 3세트는 베를린 블리츠의 승리.

그래도 점수는 3—0으로, 베를린 블리츠도 생존자가 3인밖에 남지 않은 진땀 승이었다.

관중들도 서문엽과 피에트로 콤비가 무슨 일을 저지를지 몰라서 마지막까지 땀을 쥐며 관람해야 했다.

3세트 MVP는 6어시를 기록한 다니엘 만츠. 1, 2, 3세트 도합 1킬 19어시를 기록해서 어째서 작년에 올해의 선수상을 받았는지를 증명했다.

하지만 화제는 서문엽과 피에트로가 가져갔다.

두 사람이 버티고 있는 YSM이 생각보다 더 강적이었기 때문이다.

가브리엘 감독과 두 사람은 함께 기자들의 인터뷰 요청에 응했다.

"서문엽 씨, 소유하신 클럽이 상당히 강한 팀이 되었는데요, 구단주로서 올해 목표가 무엇입니까?"

"월드 챔스 우승이죠."

"오오!"

기자들은 호쾌한 서문엽의 포부에 좋아하였다. 자신감이든 허풍이든 기삿거리가 되었으니까.

서문엽은 씨익 웃으며 덧붙였다.

"물론 현실적으로 4강에 가도 만족할 겁니다."

문제는 피에트로에게 질문이 갔을 때였다.

"2세트에서 인상적인 활약을 하셨는데, 왜 그동안 그런 플레이를 선보이지 않았던 겁니까?"

피에트로는 서문엽을 바라보았다. 뭐라고 답해야 하냐고 묻는 표정이었다.

서문엽은 어깨를 으쓱했다. 그냥 마음대로 지껄이라는 제스처.

피에트로는 잠시 생각하다가 입을 열었다.

"어차피 놀이에 불과한 이 일에 실력을 다 발휘해서 밸런스를 붕괴시키고 싶지 않았습니다. 오늘은 상대 팀을 보니 자제할 필요가 없겠다 싶었을 뿐입니다."

그 말에 기자들은 피에트로의 심상치 않은 정신세계를 느꼈다.

냉정한 말투로 자신의 오만함을 당연하다는 듯이 내보이는 태도!

거만하기로는 서문엽에게도 밀리지 않는 피에트로의 본색이 드러난 순간이었다.

그리하여 YSM은 베를린 블리츠 BC와 겨뤄서 팽팽하게 싸운 쾌거를 거둘 수 있었다.

이 경기 내용과 결과는 인터뷰와 함께 전 세계 언론에 알려졌다.

피에트로 아넬라라는 불가사의한 선수에 대한 관심이 증폭되었으며, 이탈리아 협회는 한국에 귀화해 버린 이 이상한 50대 신인 선수 때문에 뒷목을 잡았다.

세계 최강 팀과 팽팽히 싸운 YSM은 이 일로 세계적인 인지도를 얻게 되었다. 더 이상 서문엽 외엔 별 볼 일 없는 아시아의 약체가 아니라, 세계 레벨을 가진 강팀으로 평가된 것이다.

제7장 동료

"아까운 패배였습니다."

가브리엘 감독이 입을 열었다.

"…라고 생각하시는 분도 계십니까?"

선수들은 조용해졌다. 칭찬하려는 어조가 아니었기 때문이다.

"스코어만 따지면 좋은 결과였죠. 하지만 내용을 보면 결국 질 수밖에 없었던 게임을 끈질기게 끌고 갔을 뿐입니다."

정확히는 피에트로와 서문엽의 하드캐리로 팀을 멱살 잡고 아슬아슬한 승부까지 끌고 갔다.

"우리 팀의 두 선수 외에는 세계적인 강팀을 상대로 플레이가 먹혀들지 않았습니다. 빠른 사냥을 통한 빠른 성장은 좋았지만, 그렇게 성장했음에도 적에게 위협을 가하지 못했다면 이건 보완해야 할 숙제입니다. 우리는 월드 챔스 4강 이상을 노리는 팀이니까요."

가브리엘 감독은 코치진과 함께 준비한 영상을 재생시켰다.

"일단 양 팀의 킬 장면을 모두 모아놓은 영상입니다. 이걸 보고 양 팀의 차이를 확인해 보십시오."

양 팀의 킬 장면이 계속 펼쳐지는 재미있는 영상이었다.

가장 많이 출연한 사람은 단연 서문엽.

3세트까지 도합 14킬 4어시를 거둔 서문엽은 그 경기에서 가장 많은 킬을 낸 선수였다.

피에트로가 소환술로 킬을 긁어모으는 장면도 있었고, 사니야의 2킬도 보였다.

하지만 역시 패배한 경기였기 때문에 베를린 블리츠의 킬 장면이 더 많았다.

"우리 팀은 소수의 선수만 킬을 기록했군요."

개리가 말했다.

가브리엘 감독은 고개를 끄덕이며 물었다.

"또 없습니까?"

"우리의 방어력이 부족해서 킬을 너무 쉽게 내줬습니다."

파울 콜린스가 답했다. 이는 메인 탱커로서 스스로 반성하는 의미가 담겨 있었다.

"킬을 쉽게 내줬다? 그걸 더 정확하게 설명할 수 있는 사람 있습니까?"

다른 선수들도 열심히 궁리했지만 명쾌한 대답은 나오지 않았다.

결국 가만히 있던 서문엽이 말했다.

"걔들은 솔로 킬이 거의 없잖아."

그랬다.

베를린 블리츠는 다니엘 만츠가 홀로 뛰어들어 심영수를 잡았던 것 외에는 솔로 킬이 없었다.

그제야 파울 콜린스도 '아' 하고 탄성을 터뜨렸다.

경기 내내 적의 공격을 막기가 버거웠던 이유를 이제야 알 수 있었다.

베를린 블리츠의 선수들은 단독으로 활약하려 하지 않았다.

그만한 스타 선수들이라면 솔로 킬에 욕심이 있을 법도 한데, 철저하게 동료들과 협력 플레이를 했다.

동료가 빈틈을 만들어주면, 그걸 거들어서 빈틈을 더 크게 만들고, 또 다른 동료가 100% 확실한 킬을 했다.

가브리엘 감독이 영상을 다시 재생시켜 주었다.

그제야 선수들은 영상의 진정한 의미가 다시 보였다.

베를린 블리츠의 킬은 최소 2명, 많으면 4명이 킬에 협력했다.

“보다시피 베를린 블리츠는 유난히 어시스트를 많이 기록하는 팀입니다. 하지만 비단 그들뿐만이 아니라 월드 챔스에 단골 출장하는 강팀들은 다른 팀보다 킬 대비 어시스트의 비율이 높습니다. 그 결과가 어떻습니까? 굉장히 쉽게 킬을 내지요?”

선수들은 고개를 끄덕였다.

“굉장한 팀입니다. 그들은 성공 확률이 높아질 때까지 킬 기회를 계속 동료들에게 양보합니다. 본래는 이런 플레이 메이킹이 다니엘 만츠 한 사람에게 쏠려 있었는데, 이제는 여러 선수가 함께 협력하는 연계가 더 강화되었습니다. 신입생인 저우린과 첸진의 어시스트가 많은 것을 보니, 영입은 성공적이었던 것 같고요.”

긴 육합대창을 자유자재로 쓰는 저우린.

그리고 ‘무중력’으로 공중을 누비며 여기저기에서 부지런히 동료를 돕는 첸진.

엠레 카사 감독이 무엇을 원했는지 똑똑히 보여주는 모습이었다.

“우리는 어땠습니까? 오늘 경기에서 우리가 기록한 어시스트는 이 정도입니다.”

우습게도 3세트를 종합한 수치에서 어시스트가 가장 많은 사람은 서문엽이었다.

서문엽이 4어시.

피에트로의 3어시가 뒤를 이었고, 개리도 3어시를 기록해 빅 리그를 오래 경험한 베테랑으로서 간신히 체면치레를 했다.

"봤지요? 개개인의 역량 차이는 패인이 아닙니다. 우리는 의외로 개개인의 역량에서 경쟁력이 있습니다. 그러나 결정적인 차이는 협력 플레이입니다."

그러면서 가브리엘 감독은 사니야를 호명했다.

"사니야, 본인의 실력이 베를린 블리츠의 선수들과 비교하면 어땠습니까?"

"……."

사니야는 쉬이 대답 못 했다. 자신감이야 늘 넘치지만 오늘 보여준 게 많지 않았으니 할 말이 없었다.

가브리엘 감독은 미소를 지었다.

"저는 당신이 그들과 비교해도 뒤지지 않는다고 봅니다."

서문엽도 고개를 끄덕인다. 분석안으로 보는 사니야의 수치는 세계 레벨이었다.

"하지만 당신을 원하는 수많은 강팀들은 어디까지나 즉전감이 아니라 가르쳐서 키울 유망주로 볼 겁니다. 파리 뤼미에르에 몸 담았던 제가 장담하죠."

사니야의 표정이 시무룩해졌다. 살짝 자존심이 상했다.

"그 이유가 바로 이겁니다. 협력 플레이를 잘해야 월드 챔스에 갈 수 있는 겁니다. 솔로 킬을 낼 수 있는 선수는 극히 드뭅니다."

가브리엘 감독은 서문엽을 가리키며 말했다.

"이렇게 솔로 킬을 밥 먹듯이 내는 선수는 없고요. 기본적으로 나단 베르나흐도 솔로 킬보다 동료의 도움을 받는 경우가 많습니다. 천재로 주목받았다가 혼자 날뛰는 습관을 못 고쳐서 망한 유망주는 셀 수 없죠. 이제 우리가 어떤 점을 보완해야 하는지 다들 알겠습니까?"

"옛!"

"좋습니다. 다행히 아직 시간이 많습니다. 앞으로 치러야 할 KB-1 리그의 정규 경기는 여러분들에게 다소 쉬울 수 있겠지만, 그래도 안일한 마음 갖지 말고 협력 플레이를 연습할 좋은 기회로 여기시기 바랍니다. 그리고 구단주님?"

"어."

"구단주님도 마찬가지입니다. 선수들과 MVP로 내기를 하신 건 알고 있지만, 혼자 킬을 하고 다니는 것보다는 어시스트 위주로 플레이해 주십시오."

그 말에 서문엽의 얼굴이 일그러졌다.

선수들은 실실 웃었다.

서문엽의 MVP 내기에 적신호가 켜졌다.

* * *

귀국하기 전에 독일에서 특별히 이틀간 휴가를 주었다. 선수들은 신난다고 놀러 나갔고, 서문엽은 오랜만에 옛 친구들과 술자리를 가졌다.

"욥! 서문욥!"

순박한 인상의 덩치 큰 흑인이 손을 흔들며 반가워했다.

7영웅 동료 에릭 튀랑이었다.

프랑스에서 가장 낚시를 사랑하는 남자. 그러나 스릴 중독자라 위험한 행동을 일삼는 까닭에 모델 출신 아내로부터 낚시 금지를 당한 불운한 사나이이기도 했다.

"어, 그래그래. 너도 왔구나. 아직도 낚시는 금지야?"

"아냐, 금지 풀렸어. 근데 멀리 못 나가. GPS로 내 위치 항시 체크하고 있어!"

울상이 된 에릭 튀랑.

서문엽은 낄낄거렸다.

"가까운 데서 낚시하면 되지. 그럼 태평양에서 고래라도 잡으러 가냐?"

"그것도 해보고 싶은데 이혼하고 가래."

"그래, 참 좋은 아내 만났다."

서문엽은 울상이 되어 토로하는 에릭 튀랑을 토닥여 주었다.

"늦었군."

엘레 카사가 퉁명스럽게 말했다.

이곳은 엠레 카사의 저택이었다.

세계적인 명문 클럽을 이끄는 감독답게 저택도 크고 화려했다. 하지만 역시나 엠레 카사답게 내부는 장식품 하나 없는 삭막한 실용주의를 띠었다.

"시끄러, 너네한테 져서 반성의 시간 좀 가졌다."

"웃겨, 그 정도면 잘한 거 아냐?"

벌써부터 혼자 와인을 음료수처럼 마시고 있던 슈란이 따지고 들었다. 초인에게 와인은 말 그대로 음료수라 이상한 일은 아니었다.

"잘하긴 뭘 잘해. 하긴, 네가 보기엔 우리가 잘한 걸로 보이겠다만, 전문가들이 보기엔 또 아니에요. 그렇지, 카사야?"

"아직 많이 미흡하더군. 그러나 강력한 두 에이스가 있는 것만으로도 충분히 위협적이지."

엠레 카사는 YSM의 단점을 쉽게 알아보았다.

그 정도 되는 명감독이 못 알아볼 리가 없었다.

"그나저나 피에트로 아넬라는 대체 정체가 뭐냐? 보다 보니 어쩐지 낯이 익은 재주를 부리던데."

엠레 카사가 물었다.

그 말에 에릭 튀랑도 손을 번쩍 들며 말했다.

"나도, 나도! 최후의 던전에서 봤던 그 무서운 지저인하고 똑같은 초능력이었어! 그 이탈리아 남자는 정체가 대체 뭐야?"

"나도 깜짝 놀랐어. 그래서 냉큼 선수로 데려왔지. 세상에는 별의별 초능력이 많잖아? 살다 보니 대사제와 비슷한 능력을 쓰는 사람도 있더라고."

서문엽은 대충 그렇게 둘러댔다.

다들 어쩐지 수상하다는 표정이었지만, 그렇다고 이미 죽은 지 오래인 대사제와 피에트로를 연관 지어 생각할 근거도 없었다.

"조사해 보니 연봉 1억에 계약 기간이 7년이더군. 이게 말이 되는 계약 조건인가?"

엠레 카사가 추궁하자 에릭 튀랑은 뛸 듯이 놀랐다.

"뭐! 욥, 실망이야! 터무니없는 노예 계약이잖아!"

"원래 돈에 관심 없는 놈이라 그냥 대충 준 거야. 왜 남의 선수에 대해 조사하고 난리야? 안 팔아! 꿈도 꾸지 마!"

"2억 유로도 생각하고 있다."

"어이구, 그러셔? 미안한데 나 20억 유로 가까이 기부한 사람이야. 돈에 흔들릴 것 같아?"

본의 아니게 사망 처리되어서 유언대로 전 재산을 기부했으니 맞는 말이었다.

"여름 이적 시장에 계약하고, 이적은 내년에 하는 조건은 어떠냐? 물론 돈은 선불이다. 그럼 너희도 올해 월드 챔스 도전은 피에트로를 데리고 할 수 있잖나."

"아 됐어, 안 팔아. 어차피 본인이 가지도 않아. 한국이 좋다고 귀화까지 했는데 독일로 가겠냐?"

"쯧, 그런 선수는 어디서 발견해 가지고……."

엠레 카사는 결국 혀를 차며 포기해야 했다.

서문엽, 엠레 카사, 슈란, 에릭 튀랑.

오랜만에 7영웅의 멤버들이 한자리에 모였다.

그런데 그들 4인 외에도 또한 사람이 있었다.

"저, 저기, 나도 있어……."

손을 들며 조심스럽게 말을 하는 남자.

그제야 서문엽은 존재감이 별로 없었던 왜소한 체구의 인도 남자를 발견했다.

체격은 초인으로서는 이례적으로 작고 왜소하며, 얼굴은 극히 동안이라 아직도 소년으로 보일 정도였다. 아래로 처진 눈썹과 크고 순진해 보이는 눈, 그리고 어쩐지 음울한 안색까지.

자칫 우울증 환자로 오해받기 딱 좋은 이 음울한 인도인의 이름은 칸 아르얀.

바로 7영웅의 멤버였다.

"헐, 너도 왔어?"

서문엽은 깜짝 놀랐다.

7영웅 시절에도 별로 친한 사이가 아니었다.

워낙 말수가 적고 내성적인 성격을 가진 칸 아르얀이었고, 서문엽도 친절한 성격이 아니라서 던전 공략만 했지 사적으로 친해지려 하지 않았다. 그래서 개인적인 친분이 생길 기회가 없었다.

그랬던 칸 아르얀이 이례적으로 이 술자리에 나타났으니 놀란 것이다.

"그래, 너도 반갑다. 그동안 뭐 하고 지냈어?"

"그동안? 하하하……."

칸 아르얀은 쓸쓸한 웃음을 지을 뿐이었다.

그 탓에 분위기가 확 가라앉아 버려서, 무거운 분위기를 싫어하는 에릭 튀랑이 안절부절못했다.

"왜? 그동안 어떻게 살았기에?"

칸 아르얀은 쉬이 대답을 못했고, 그 대신 슈란이 툭 쏘아붙이듯 말했다.

"도박으로 전 재산 날렸어."

"그, 그렇게 직설적으로는… 게다가 도박으로 다 날린 것은……."

"나머지 절반은 이혼 위자료로 날렸대."

슈란은 소멸 광선 못지않은 치명적인 일격을 칸 아르얀에게 가했다.

그제야 서문엽은 옛 기억을 새록새록 떠올렸다.

"아 맞다. 그러고 보니 너 옛날부터 카지노 중독자였지?"

칸 아르얀은 고개를 숙였다.

인류를 구한 7영웅의 멤버이자 인도의 영웅.

그러나 인도의 수치스러운 영웅이기도 했다.

칸 아르얀은 소년처럼 순진해 보이는 외모와 달리 도박 중독자였다.

칸 아르얀은 빨개진 얼굴로 서문엽에게 말했다.

"저기, 미안한데 혹시 네 팀에 내 일자리 없을까?"

*　　*　　*

칸 아르얀.

인터넷에서 부르는 별명은 망한 7영웅.

도박에 재산을 탕진하는 못 말리는 행각에 아내는 아들 1명, 딸 2명을 데리고 이혼해 버렸고, 인도인들도 그녀의 결정을 지지했다. 애들이라도 잘 키워야 했으니까.

도박을 하건 술을 마시건 사실 개인 사정이다.

하지만 칸 아르얀은 다시는 도박을 하지 않겠다는 말을 여러 번 공언했다가 얼마 후에 불법 도박장에서 발견되는 일이 여러 차례 생기면서 미움을 샀다.

최후의 던전을 공략한 대가로 받은 보상금은 이미 다 탕진한 뒤였고, 지금은 인도 정부에서 주는 생활 보조금으로 먹고 살고 있다고 한다.

그 측은한, 혹은 한심한 이야기를 들은 서문엽은 문득 과거가 생각났다.

말수도 없던 조용하고 음울한 녀석이 유독 자기가 먼저 다가와 적극적으로 주장을 펼칠 때가 있었다.

"우리 던전을 좀 더 많이 공략해야 하지 않을까?"

"적절한 페이스로 하고 있는데 왜?"

리더였던 서문엽이 의아해하자, 칸 아르얀은 우물쭈물하다가 슈란의 핑계를 댔다.

"아, 아니, 아직 미숙한 멤버도 있고 하니까 더 호흡을 맞춰봐야 하지 않나 싶어서."

가뜩이나 서문엽에게 한창 욕먹던 슈란은 칸 아르얀을 더 미워하게 되었다. 지금 칸 아르얀에게 팩트 폭행을 가하는 슈란의 태도는 다 이유가 있는 것이다.

어쨌든 서문엽도 그 의견에 수긍하고는 던전 공략 횟수를 더 늘렸는데, 나중에 생각해 보니 도박할 돈이 떨어져서였다. 던전 공략 후에 거금을 벌면 냉큼 카지노로 달려갔으니까.

'초인씩이나 되는 놈이 수전증이라니 깜짝 놀랐었지.'

초인이 알코올중독일 리는 없고, 정신적인 문제가 심각해 보이는 녀석이었다.

그렇지만 분석안으로 보이는 정신력은 좋았기 때문에 던전에서는 제 몫을 잘 해내겠거니 싶었다. 그땐 서문엽도 막 나가는 인생이라 남 사생활에 트집 잡을 이유가 없었다.

"뜬금없이 웬 취직이야?"

서문엽이 기가 막혀서 물었다.

"인도 정부가 드디어 생활 보조금을 끊었나 보지?"

슈란은 계속 잔인하게 칸 아르얀을 공격했다.

"아, 아니야……."

울상이 된 칸 아르얀은 한숨을 푹 쉬더니 이야기를 털어놓았다.

"우리 애들이 이제 다 컸어. 막내아들도 성인이 됐고."

"걔는 도박 안 하고?"

슈란의 3차 정신 공격!

칸 아르얀이 원망 어린 눈초리로 쏘아봤지만, 옛날에 지은 죄가 있어서 뭐라고 말은 못 했다.

"자자, 이제 그만하자. 너도 이제 30대 꺾였는데 성질 죽여야지."

"모가지를 꺾어줄까?"

슈란이 으르렁거리자 서문엽은 낄낄거렸다.

아무튼 칸 아르얀의 이야기는 요약하자면 다음과 같았다.

"애들은 다 키웠으니까 아내가 다시 너를 집으로 부르려 한다 이거지?"

칸 아르얀은 고개를 끄덕였다.

서문엽은 고개를 갸웃거렸다.

"네 아내 천사냐?"

"내 안의 악마를 때려잡는 천사지……."

칸 아르얀은 씁쓸히 웃으며 대꾸했다.

그 말대로 칸 아르얀과 그의 아내는 참 재미있는 부부였다.

아내 역시 전쟁 시절 던전을 공략하던 초인인데, 초능력은 '견고한 정신'과 '거짓 간파'였다.

그야말로 칸 아르얀의 천적!

몰래 도박을 해도 아내에게 비밀로 하기란 불가능했다. 또 도박했냐는 질문 한 방에 진실이 들통나니 말이다.

우습게도 '거짓 간파'는 칸 아르얀의 아내로 살다가 각성한 초능력이라고 했다.

그렇게 아내에게 쥐 잡듯이 잡혀 사는 칸 아르얀이었지만, 그럼에도 불구하고 도박을 끊기 못한 게 참 끈질겼다.

"와, 나 같으면 때려죽였을 텐데, 낄낄낄."

서문엽의 험한 말에 칸 아르얀은 움찔했다.

"그럼 잘됐네. 근데 그게 취직이랑 뭔 상관이야?"

"아내가 도박을 끊고 성실하게 일을 하는 모습을 보여주면 받아주겠다고 했어. 못 하면 큰딸 결혼식도 못 올 줄 알라고 하면서……."

하소연하면서 다시 울상이 된 칸 아르얀이었다.

"노노, 도박 안 좋아, 칸. 차라리 나랑 같이 낚시를 하자."

에릭 튀랑이 순박한 인상으로 권했다.

스릴 중독자인 에릭 튀랑과 도박 중독자 칸 아르얀이 어울리면 무슨 일이 일어날지 서문엽은 상상이 가지 않았다.

다행히 칸 아르얀은 고개를 저었다.

"난 일자리가 필요해."

"어부가 되면 되잖아!"

서문엽이 에릭 튀랑을 제지했다.

"관둬. 너한테 배를 주면 버뮤다 삼각지대로 탐험을 갈까 봐 무섭다."

그 말에 눈을 무섭게 반짝이는 에릭 튀랑이었지만 무시하기로 했다.

결국 아내가 준 마지막 기회를 받기 위해 취직을 해야 했는데, 인도에서는 받아주는 클럽이 없어 여기까지 왔다는 것이었다.

"미안하지만 우리는 거절했다. 전문성과 경력이 없는 코치를 받아줄 수는 없으니까."

엠레 카사가 덧붙였다.

"유소년이라도 좋은데……."

칸 아르얀이 미련이 남아서 말했지만, 엠레 카사는 칼같이 거절했다.

"유소년에게는 더더욱 너 같은 놈을 붙여줄 수는 없다."

인성도 중시 여기는 엘레 카사라 당연한 결정이었다.

고개를 떨어뜨린 칸 아르얀. 참으로 처량한 모습이었다. 그러고 보면 입고 있는 옷도 19년 전에 자주 입던 복장 그대로였다.

'망한 7영웅, 망한 7영웅 하더니 명불허전이네.'

저게 인류를 구한 7인 중 한 사람의 모습이라니. 그러나 자업자득이라 불쌍하진 않았다. 그냥 궁상맞은 꼴이 보기 눈살 찌푸려질 뿐이었다.

서문엽은 '분석안'을 증폭시켜서 칸 아르얀을 살폈다.

—대상: 칸 아르얀(인간)

—근력 79/88

—민첩성 88/96

—속도 80/87

—지구력 64/90

—정신력 85/85

—기술 79/85

—오러 85/85

—리더십 48/70

—전술 60/82

—초능력: 무음, 맹독

—무음: 소리를 내지 않는다.

—맹독: 소지한 무기에 독을 맺히게 한다.

'어라?'

서문엽은 상당히 놀랐다.

칸 아르얀은 모든 능력치가 고르게 높은 팔방미인이었다.

민첩성 외에는 세계 최고의 초인 7인에 꼽힐 만큼 특출한 능력치가 없지만, 부족한 부분도 없었다. 거기에 초능력도 괜찮았기 때문에 암살자 같은 타입으로 활용하기 위해 7영웅에 뽑았었다.

세월이 한참 흘렀지만 칸 아르얀은 그때와 비교해서 능력치가 크게 떨어지지 않았다.

지구력이 상당히 낮아졌지만, 다른 부분은 의외로 아직 괜찮다. 지구력이야 다시 훈련시키면 어느 정도 회복할 수 있다.

'이 녀석, 리더십도 은근 높은 편이었네.'

생각해 보면 평상시와 던전에서의 모습이 완전히 다른 칸 아르얀이었다. 돈을 벌어야 한다는 집착 때문인지 정신력도 여전히 높은 편!

나이가 올해로 48세인 걸로 알고 있는데 아직 저 정도라니 의외였다. 얼굴과 마찬가지로 육체도 노화가 더딘 축복받은 체질이었다.

'이거 잘하면…….'

서문엽의 눈에 탐욕이 어렸다.

"우리 팀에 들어오고 싶다 이거지?"

"응, 코치가 아니라 청소라도 할게."

"오, 뭐든지 할 수 있다는 각오네?"

"으응, 범죄만 아니면."

"호오, 뭐든지 다 할 수 있다……?"

"부, 불안하게 왜 자꾸 그렇게 말하는 거야?"

칸 아르얀도 어떤 위기감을 감지했는지 항변했다.

서문엽은 씨익 웃고는 그와 어깨동무를 했다.

"옛 동료와 같이 일하게 돼서 기뻐서 그렇지."

"그, 그래? 우리가 그렇게 친했던가?"

"섭섭하게 왜 그래? 어려운 처지에 일자리를 주는 좋은 친구지."

"그건 그렇지만."

"난 카사처럼 냉정한 놈이 아니어서 가여운 너를 외면하지 못하겠네. 난 참 착해서 탈이야."

"차, 착해? 아, 아니, 그래, 착하지, 물론……."

칸 아르얀은 혼란을 느꼈다.

자신이 알던 서문엽은 정 같은 게 없는 사람이었다. 갑자기 이러니 더 불안했다.

다들 무슨 꿍꿍이냐는 눈초리로 서문엽을 바라볼 뿐이었다.

*　　*　　*

오갈 데 없는 칸 아르얀은 YSM 선수단이 숙소로 쓰는 호텔에 함께 왔다.

"어디 다녀오셨습니까?"

호텔 로비의 카페에서 커피를 마시던 가브리엘 감독이 말을 건네 왔다.

"아, 감독. 마침 잘됐다. 계약서 하나 준비해 줘."

"계약서요?"

가브리엘 감독은 서문엽과 함께 온 칸 아르얀을 알아보고는 흠칫 놀란 눈을 했다.

"어떤 계약서입니까?"

그 물음에 서문엽은 입모양만 냈다.

'선수.'

가브리엘 감독의 눈빛에 놀라움이 더욱 깃들었다.

이 세상에 7영웅의 얼굴을 모르는 사람은 별로 없었다. 칸 아르얀이 누군지도 뻔히 아는데, 선수 계약서라니.

서문엽이 손짓으로 서두르라고 신호를 보냈다.

"아, 알겠습니다."

가브리엘 감독은 핸드폰을 꺼내 누군가에게 연락을 보냈다.

잠시 후.

"여기 있습니다."

최동준 수석 코치가 계약서를 들고 서문엽의 호텔방에 나타났다.

"자, 사인해. 인마."

"잠깐만. 읽어보고."

"어허, 얼른 사인이나 해. 다 똑같은 계약서야."

"기, 기다려 줘. 그러다가 실수로 장기 포기 각서에 사인한 적도 있단 말이야."

알면 알수록 밑바닥 인생인 칸 아르얀이었다.

칸 아르얀은 계약서를 읽다가 화들짝 놀랐다.

"이거 선수 계약서잖아!"

그랬다.

계약서는 주급 1,500만 원, 연봉으로 치면 7억 8천만 원짜리 선수 계약서였다.

계약 기간은 5년에 바이아웃 조항 같은 건 없었다.

배틀필드 경험이 없는 48세의 신인 선수에게 줄 조건치고는 상당히 후했다.

그러나 칸 아르얀은 반발했다.

"나, 나더러 선수로 뛰라는 거야?"

"어, 코치보다 낫잖아?"

"낫긴 뭐가 나아! 나 꼴이 이래도 칸 아르얀이란 말이야! 내가 어떻게 이제 와서 배틀필드 같은 애들 장난이나 하겠어!"

전쟁 시절에 이름을 떨쳤던 초인들은 대개 배틀필드를 하지 않았다. 바로 이런 프라이드 때문이었다.

"그럼 지금 선수 뛰는 나는 꼴이 우습냐?"

"너, 넌 아직 한창 젊잖아!"

"나보다 2살 어린 너도 충분히 할 수 있겠네."

"이상한 소리 하지 마. 난 이제 곧 쉰이란 말이야."

"야 인마. 그런 낡은 사고방식 좀 버려. 배틀필드가 애들 장난 같고 부끄러워? 그건 전쟁 시절 날렸던 초인들이 시대가 바뀌는 걸 받아들이지 못해서 거부감을 느꼈던 거야. 지금은 배틀필드가 얼마나 메이저 스포츠인데?"

"네가 그런 말 하니까 더 이상해! 너는 배틀필드가 광대 짓 같다며!"

최후의 던전에서 생환하고 나서 첫 기자회견 때 서문엽이 했던 말이었다.

서문엽은 헛기침을 했다.

"인마, 그건 나도 그때 갑자기 변한 세상에 거부감을 느꼈으니까 그랬지."

"아무튼 싫어. 이제 와서 선수로 뛰면 내 꼴이 얼마나 우습겠어?"

"뭐가 우스워? 잘 생각해 봐. 네가 우리 팀 코치로 있어봤자 다들 어떻게 생각하겠어? 인생 망한 놈이 친구 덕에 일자리 얻어서 눌러앉았구나 하겠지 누가 성실해졌다고 칭찬하겠어?"

"……."

"그런데 선수는 다르지. 선수로 활동한다는 것은 보통 노력으로 안 되는 일이니까. 네 아내와 자식들에게도 당당히 말할 수 있는 거잖아. 노력해서 남부끄럽지 않은 가장이 되겠다고!"

"…하, 할 수 있을까? 이제 나이가 있어서 예전 같지 않을 텐데."

"네가 예전 같았으면 0 하나 더 붙은 고액 연봉을 받았겠지. 근데 내가 보기에 그때만큼은 아니어도 아직 괜찮아. 망신당하지 않고 할 수 있어."

"더 당할 망신도 없지만, 그래도 7영웅이었던 내 커리어는 지켰으면 좋겠어."

"야, 그래서 오히려 더 유리한 거야. 네 나이를 누가 모르겠어? 그렇기 때문에 조금만 잘해도 대단하다, 폼은 죽었어도 옛날 클래스는 살아 있구나 하겠지."

"정말?"

"그래, 나만 믿으라니까. 내가 책임지고 네 도박 중독도 다 낫게 해줄게."

망설이던 칸 아르얀은 고민 끝에 계약서에 사인을 했다.

계약서를 검토한 서문엽은 표정이 바뀌었다.

"자, 그럼 구단주로서 말할게."

"……?"

"한 번만 더 도박하면 손모가지 아작 내버린다, 이 새끼야. 난 알코올중독자도 술병으로 패서 고쳤어."

"……?!"

새로운 동료가 생겼다.

『초인의 게임』 8권에 계속…